Das Universum

AF210671

Über den Autor:

Michael Mlynski wurde 1967 in Aachen geboren. Nach dem Studium der Elektrotechnik ging er in die Industrie, wo er heute für den Bereich der Softwareentwicklung verantwortlich und als Projektleiter für die Entwicklung von Computersystemen tätig ist.

Seine Leidenschaft für das Schreiben entwickelte er gegen Ende der Schulzeit. Sein Studium und die Berufstätigkeit ließen ihm aber kaum die Zeit, daraus mehr als nur ein Hobby zu machen. „Das Universum" ist sein erster veröffentlichter Roman.

Auf seinen Webseiten ist eine Auswahl seiner Kolumnen, Essays, und Märchen zu finden: home.arcor.de/mlynski

Michael Mlynski

Das Universum

Roman

Bibliographische Information Der Deutschen Bibliothek:
Die Deutschen Bibliothek verzeichnet diese Publikation in der
Deutschen Nationalbibliographie; detaillierte bibliographische
Daten sind im Internet über http://dnd.ddb.de abrufbar.

Herstellung und Verlag: Books on Demand GmbH, Norderstedt

ISBN: 978-3-8370-1103-6

Für meine Frau und meine Kinder

Man glaubt, dass Eintagsfliegen nicht verstehen können, dass Bäume leben.

Weil sie in ihrem kurzen Leben nicht miterleben, wie die Bäume wachsen.

Die Menschen glauben,
dass alles, was sich nicht verändert, nicht lebt.

1. Kapitel

Der Weltuntergang

Am Ende aller Zeiten entschied sich das Universum unterzugehen. Zeitgenössische Künstler, aber auch Künstler vergangener Epochen, stellen bzw. stellten den Weltuntergang immer wieder als apokalyptisches Ereignis dar, bei dem die Sterne des Universums in gigantischen Supernova explodieren und intergalaktische Erdbeben durch das Raum-Zeit-Kontinuum geschickt werden. Millionen Grad heiße Plasmaströme werden von den Supernova in die Weiten des Weltalls geschleudert und verschlingen alle Planeten und Monde, die in der Glut der Hitze schlagartig verdampfen, während sich die Materie in ihre kleinsten Bestandteile auflöst.

Tatsächlich war der Weltuntergang aber lediglich die kontrollierte Beendigung sämtlicher physikalischer Aktivitäten – gepaart mit Zwietracht und Neid. So wollten beispielsweise die Indogerden, eine kleinwüchsige Abart von Erectus-Säugern, die bevorzugt in der Hirdus-Galaxie siedelten, von einer Beendigung ihrer physikalischen Aktivitäten nichts wissen.

„Unser Leben besteht aus weit mehr als nur physikalischen Vorgängen", beschwerte sich ein Indogerde mit einem Megaphon vor dem Mund. „Von uns aus kann ja die Physik untergehen, aber wir werden nicht untergehen."

„Genau!", rief eine Dame vor ihm.

„Richtig!", stimmte eine Gruppe Indogerden mit hochroten Hinterteilen zu.

„Genossen und Genossinnen", rief der Indogerde mit dem Megaphon, „es ist an der Zeit, dass wir unserer Existenz die Bedeutung zumessen, die ihr gebührt. Es ist an der Zeit, dass wir über unsere Zukunft selbst bestimmen – mit oder ohne Physik. Seit Generationen wird uns vorgeschrieben, wann die Sonnen auf- und wann sie untergehen, wann neue Sterne entstehen und wann alte Sterne untergehen. Ich sage euch, es ist an der Zeit, dass wir uns nicht länger gängeln lassen. Gängeln lassen von einem Universum, dass mehr an den Sonnen, Planeten und interstellaren Wolken hängt denn an uns Indogerden."

Die Schar der zuhörenden Indogerden stimmte mit erbostem

Jubel ihrem Wortführer zu.

„Aber bitte, bitte", versuchte das Universum zu beschwichtigen, wurde aber sofort ausgepfiffen.

„Die Zeit der Bitten ist vorbei!", rief der Indogerde erregt. „Es gab eine Zeit der Physik. Und es gab auch eine Zeit des stillen Gehorsams. Aber jetzt ist die Zeit der Forderungen!"

„Jawohl!", schrie die Menge der Indogerden und tobte.

Das Universum räusperte sich wiederholt und wartete, bis der Lärm der Indogerden etwas abgeebbt war. Dann ergriff es abermals das Wort und versuchte in beschwichtigendem Tonfall den Indogerden den Sachverhalt zu erklären:

„Die vorgebrachten Bedenken mögen ja durchaus plausibel erscheinen, aber als Schöpfer der Physik hatte ich den Hergang des Weltgeschehens seinerzeit nun mal so erschaffen, dass es am Ende aller Zeiten einen Weltuntergang gibt. Die Physik ist nun mal so – da hilft auch alles Fordern nichts."

„Davon haben wir bislang aber nichts gewusst!", tobte der Indogerde mit dem Megaphon. „Bis gestern war uns noch keine physikalische Formel bekannt, die auf einen Weltuntergang hingedeutet hätte!"

Die aufgebrachte Menge stimmte ihm wieder erregt zu.

„Nun ja", erklärte das Universum und bemühte sich, seine Verlegenheit zu verbergen, „ich muss zugeben, dass einige physikalische Zusammenhänge und Formeln ziemlich kompliziert und nicht so ohne weiteres zu verstehen sind. Da mag es durchaus vorkommen, dass das ein oder andere Geschöpf die Quintessenz aller Gesetzmäßigkeiten nicht so recht zu erfassen vermag."

Diese Antwort irritierte die Indogerden doch ein wenig, so dass sie verdattert mit offenen Mündern da standen. Hatten sie tatsächlich die letztendliche Schlussfolgerung all der vielen physikalischen Gesetze, das Resümee der Physik, hatten sie es wirklich nicht richtig verstanden?

Nun, in Wirklichkeit hatte das Universum die Physik erst kurz zuvor derart abgeändert, dass ein Weltuntergang überhaupt erst möglich geworden war. Einen wirklich guten Grund dafür hatte es eigentlich nicht gegeben. Allerdings hatte es auch keinen guten Grund *dagegen* gegeben, und so hatte das Universum befunden, dass ein Weltuntergang gut sei und dass es daher einen geben werde. Und zwar jetzt.

Sicherlich, es kannte die alte Bauernregel, die besagte:

Wissen die Geschöpfe von dem neuen Ziele,
gibt es der Querulanten reichlich viele.

Aber was waren schon ein paar verquere Indogerden, wenn es um etwas so grandioses und großartiges wie den Weltuntergang ging?

Das Universum hatte auch schon etliche Ideen für den Weltuntergang gesammelt. Alles sollte schön geschmückt sein, und auf jedem Planet sollten Aussichtsplattformen errichtet werden, die mit reichlich Partylampen und vielleicht auch ein paar Fackeln ausgestattet werden sollten. Und an den Küsten entlang würde es bunte Teelichter verteilen. Wenn dann nach und nach alle Sterne und Sonnen im Universum untergehen würden, wären die Partylampen, die Fackeln und die Teelichter anzuzünden und würden das Weltall mit ihrem gedämpften Flackern in eine romantische Atmosphäre tauchen. Auf den Planeten würden alle Stürme untergehen und die Meere würden sanft über die Sandstrände streicheln, während man polynesischen Klängen lauschen könnte.

Das Ganze würde derart grandios sein, dass man unbedingt einen Berichterstatter bräuchte, der der Nachwelt von dem gigantischen Spektakel berichten würde. Diesen Berichterstatter gab es natürlich schon längst. Kurz nachdem das Universum den Beschluss gefasst hatte unterzugehen, hatte es den Rock ´n´ Roll Eremiten Eduard Bentley beauftragt, den Part des Berichterstatters zu übernehmen. Der Eremit war auch sofort begeistert gewesen und hatte einige kreative Ideen zur Ausgestaltung des Weltuntergangs. So hatte er beispielsweise etliche Teile der Choreographie des Weltuntergangs erarbeitet und dabei unter anderem dafür gesorgt, dass zwar die Stürme und Orkane frühzeitig untergehen würden, nicht jedoch die Winde, die statt dessen sanft durch die Palmen wehen würden. Oder dass beim Weltuntergang die Kontinente auf den Planeten in winzige Flecken zerrissen und somit Milliarden von Inseln bilden würden, so dass alle Lebewesen im Universum den Weltuntergang von einem exotischen Strand aus erleben könnten. Das Universum war von der Idee dermaßen begeistert gewesen, dass es sich überlegte, ob man während des Weltuntergangs einen Shuttle-Service anbieten sollte, damit man die vielen Inseln bereisen und den Untergang von verschiedenen Perspektiven aus miterleben könnte.

„Wir fordern die sofortige Abschaffung der Gravitation", schrie der Indogerde in sein Megaphon und schreckte das Universum aus seinen Träumen auf, „und für alle Sonnen und Monde die freie Wahl, wann sie auf- und wann sie untergehen wollen. Weiterhin fordern wir, dass die Monde nicht permanent die Flut anziehen und die Ebbe hinter sich herziehen müssen, und dass die Löcher im Universum nicht mehr braun, sondern schwarz sind. Wir fordern die Unendlichkeit der Zeit, die Koexistenz von Materie und Geschöpfen sowie die Abschaffung des Linksverkehrs in der Commonwealth-Galaxie. Wir fordern, dass wir uns nicht mehr übergeben müssen, wenn uns übel ist, und dass wir frei entscheiden dürfen, wann wir geboren werden."

„Jawohl!", tobte die Menge.

„Zeig's ihm", schrie eine wild hüpfende Indogerde hysterisch.

„Sag's ihm", ereiferte sich ein altes, gebrechliches Männchen.

„Schrei es ihm ins Gesicht", bellten einige im Chor.

Das Universum verdrehte die Augen. Was hatte es doch für dumme Wesen entstehen lassen? Zumindest soweit es die Indogerden betraf. Nicht nur dieser überflüssige Unmut über den grandiosen Weltuntergang – das vermutlich schillerndste Ereignis aller Zeiten – nein, auch diese dilettantischen Forderungen. Mal abgesehen von der Idee, dass die Löcher im Universum auch schwarz sein könnten.

„Nun", sagte das Universum, „um euch zu zeigen, dass ihr mir wichtiger seid als all' die Sonnen und Planeten, werde ich gerne auf eure Forderungen eingehen. Unter der Bedingung, dass ihr dann zufrieden seid und keine weiteren Forderungen stellt!"

„Wirklich?", fragte der Indogerde mit dem Megaphon verdutzt.

„Ja, wirklich!", erwiderte das Universum.

„*Alle* unsere Forderungen?", hakte der Indogerde unsicher nach.

„Ja, alle!"

„Okay", sagte der Indogerde und schaute noch etwas fragend in die Menge seiner Anhänger. Doch diese zögerten nicht lange, sondern brachen in einen gigantischen Jubel aus.

Nachdem sich der Jubel gelegt hatte ergriff das Universum nochmals das Wort:

„Also: die Gravitation wird zusammen mit dem Weltuntergang

abgeschafft. Und zusammen damit auch alle Sonnen und Monde, denn die werden natürlich auch untergehen. Danach können sie nach Lust und Laune auf- und untergehen und auch mit Ebbe und Flut treiben was sie wollen. Materie und Geschöpfe werden in Koexistenz untergehen und mit ihnen auch der Linksverkehr in der Commonwealth-Galaxie sowie die Übelkeit und das Erbrechen. Und jeder, der nach dem Weltuntergang noch übrig ist, darf frei entscheiden wann er geboren wird. Wobei es nach dem Weltuntergang allerdings nichts mehr geben wird – nur für den Fall, dass ich das noch nicht erwähnt hatte. Ach ja, und das mit den schwarzen Löchern ist eine gute Idee. Die werden wir im nächsten Universum umsetzen."

Begeisterung war es nicht, die den Indogerden ins Gesicht geschrieben stand. Vielleicht könnte man es als giftgrüne Mischung aus Wut und Enttäuschung bezeichnen.

„Das ist Betrug!", „Das ist Täuschung!", „Nieder mit der Monarchie des Universums", schrien die Indogerden durcheinander.

„Aber, aber. Ihr hattet gesagt, dass ihr zufrieden seid, wenn ich auf eure Forderungen eingehe. Jede eurer Forderung wird umgesetzt. Also seid jetzt zufrieden und haltet vor allem eure Schnäbel, sonst lass' ich euch gleich als Erstes untergehen."

„Wir haben keine Schnäbel", schrien die Indogerden erbost, „und wir werden sie auch nicht halten!"

Nun, das war die kleinste Übung. Das Universum zuckte mit einer Wimper und im Bruchteil einer Sekunde hatte jeder Indogerde einen Schnabel auf der Stirn sitzen. Zunächst schluckten die Indogerden verdutzt, doch dann brausten sie noch entrüsteter los und beschimpften das Universum wüst. Da keiner von ihnen Anstalten machte, seine Hand an den Schnabel zu legen oder diesen gar festzuhalten, zuckte das Universum kurz mit der anderen Wimper und die Indogerden gingen unter.

Damit war der Weltuntergang eingeleitet.

Sicherlich, der Weltuntergang kam nun etwas überstürzt und unplanmäßig, aber der überwiegende Teil war ja schon hervorragend vorbereitet gewesen und so wurde es in der Tat ein farbenfroher, ein großartiger, ja, ein schillernder Weltuntergang.

2. Kapitel

Der Urknall

Nach dem Weltuntergang existierte zunächst einmal nichts. Ausgenommen dem Berichterstatter Eduard natürlich. Doch für Eduard gab es nicht viel zu berichten. Zwar hatte er den grandiosen Weltuntergang miterlebt, aber nun gab es nichts zu berichten, denn es existierte keine Sprache, in der er hätte berichten können. Und selbst wenn es eine Sprache gegeben hätte, so existierte niemand, dem er hätte berichten können.

Das Universum sah schnell ein, dass es an der Zeit war, eine neue Welt entstehen zu lassen. Was recht kompliziert war, denn während dem Nichts gab es natürlich auch keine Zeit. Oberflächlich betrachtet ist es also mehr als fragwürdig, ob das Universum eingesehen haben konnte, dass es für irgendetwas an der Zeit war, wo doch gerade diese gar nicht existierte. Die Astronomen versuchen diesen Sachverhalt mit Deflationstheorien und multiplen Raumzeitkontinuen zu erklären, wobei die Raumzeitkontinuen auf materie-, dimensions- und energielose String-Jets zurückzuführen sind. Die Astrologen hingegen erklären dieses Phänomen weitaus einfacher durch eine transzendente Konstellation des Skorpions im Aszendent des Pluto. Bleibt am Rande zu bemerken, dass es während des Nichts auch keinen Skorpion und erst recht keinen Pluto gab.

Ungeachtet des ewigen Konflikts zwischen den Astronomen und Astrologen war das Universum über seine Idee mit der neuen Welt begeistert. So wie es nach jedem seiner Untergänge von der Idee begeistert war, dass es als neue Welt entstehen könnte. Es zückte einen langen Zettel mit einer Liste, in der sämtliche Varianten aufgelistet waren, wie das Universum früher neu entstanden war, und überlegte, wie es diesmal neu entstehen könnte. Langsam ging es die Liste durch. Da gab es das Ur-Ei, das Austragen, die Zangengeburt oder auch den intergalaktischen Furz, bei dem die Materie in drei verschiedenen Aggregatzuständen in den Raum hinaus gestoßen wurde: hauptsächlich gasförmig, aber auch – in nicht gerade eben kleinen Anteilen – in flüssiger sowie in fester Form. Einmal hatte sich das Universum auch durch Meditation neu gebildet, wobei danach die Materie ausschließlich aus Energieströmen bestanden hatte. Weiterhin gab es den Urknall, ein Urfeuerwerk, die invertierte Implosion, den Universalkleber, den Jo-Jo-Effekt, bei dem die Welt trotz aller Bemühungen immer wieder das gleiche Aussehen bekam, oder auch die Ad-Hoc-Bildung, bei der die neue Welt auf ein Mal, das heißt fix und fertig und vollständig als Ganzes entstand.

Das Universum ging die Liste weiter durch und überlegte, was diesmal am besten zum vorherigen Untergang passen würde. Schließlich entschied es sich für einen Urknall und explodierte. Das war es dann auch schon – mehr ist nicht dran am Urknall.

3. Kapitel

Löcher im Universum

Im Gegensatz zur Ad-Hoc-Bildung ist nach einem Urknall das Universum nicht gleich vollständig aufgebaut, sondern es entwikkelt sich Stück für Stück. So fanden sich ständig irgendwo Sterne zusammen und beschlossen, eine neue Galaxie zu gründen. Und auch die Sterne selbst mussten erst einmal entstehen. Dazu nahm das Universum in unregelmäßigen Abständen immer wieder ein paar Hände Dreck zusammen, formte daraus Kugeln und ließ diese zu gigantischen Sternen heranwachsen. Danach mussten die Sterne natürlich noch angemalt werden, denn wer will schon nachts einen Sternenhimmel mit lauter dreckigen Sternen sehen? Niemand natürlich! Und das Universum wollte es auch niemandem zumuten. Also hatte es kurze Zeit nach dem Urknall eine junge Frau namens Tschita Gonzales damit beauftragt, die Sterne weiß anzumalen. Und da sie nun schon mal mit Pinsel und Farbe unterwegs war, konnte sie eigentlich auch gleich die Löcher im Universum anmalen. Am besten schwarz.

Löcher im Universum sind zweifelsohne außergewöhnlich und höchst interessant. Und die Idee, die Löcher schwarz anstatt braun anzumalen, war geradezu genial, so viel stand fest. Das Universum war ziemlich stolz auf sich, dass es diesen schillernden Einfall gehabt hatte.

„Soll ich denn auch von diesen schwarzen Löchern berichten?", fragte Eduard, nachdem ihm das Universum davon vorgeschwärmt hatte.

„Aber natürlich", beschied das Universum, „davon musst du unbedingt berichten!"

„Alles klar. Wie finde ich denn eins? Sind die groß?"

„Nein, nicht doch. Die Löcher sind winzig klein. Am besten du stellst es dir so vor: Wenn man hunderte von Sternen in eine Nussschale zwängt, dann wird diese so schwer, dass sie durch alles hindurch fällt und ein Loch hinterlässt. Die Löcher haben also eher die Größe einer Nussschale."

„Ach, deswegen heißt es also ´schwarzbraun ist die Haselnuss´?", fragte Eduard angewidert.

„Na ja, in diesem Universum werden die Löcher schwarz sein!"

„Das ist auch besser so", stellte Eduard fest. Wie alle Rock ´n´ Roll Eremiten hasste er die Farbe schwarzbraun. Nicht, dass er etwas gegen braun hätte. Im Gegenteil, er liebte zum Beispiel braunen Zucker. Und schwarz war auch okay. Da gab es beispielsweise die schwarzen Krähen, die völlig in Ordnung waren. Aber die Kombination schwarz-braun war einfach widerlich. Nein, da war es schon okay, dass die Löcher einfach nur schwarz waren.

Was Eduard nun noch für seine Mission brauchte war ein Gefährt, denn er konnte natürlich nicht einfach so durch das Weltall schweben. Unter normalen Umständen hätte das Universum auf irgendeinem Planeten mehr oder weniger langsam eine Zivilisation entstehen lassen, die die verflüssigten Kadaver von vor Ewigkeiten gestorbenen Lebewesen verbrannt und die dabei entstandene Hitze dazu genutzt hätten, um irgendwelche Gegenstände zu bewegen. Zum Beispiel Raumgleiter, mit denen sie dann durch das All jagen würden. Aber Eduard sollte sofort zu seiner Mission aufbrechen, denn immerhin ging es darum, vom größten und schillerndsten Ereignis aller Zeiten zu berichten. Daher verzichtete das Universum an dieser Stelle auf die Entstehung einer hochentwickelten Zivilisation, und ließ direkt neben Eduard einen interstellaren Viersitzer entstehen, den es stolz präsentierte.

„Wow!", staunte Eduard, „der ist ja toll."

Eduard lief ehrfürchtig um den Viersitzer herum und bestaunte ihn von allen Seiten. Plötzlich zischte es laut und alle vier Türen öffneten sich.

„Wo ist denn die Bedienungsanleitung?", fragte Eduard.

„Du brauchst keine Bedienungsanleitung", erklärte das Universum, „du setzt dich einfach hinein und sprichst in das Mikrofon, wo du hin willst. Und schon geht es los."

„Ist ja klasse! Im alten Universum musste man immer alles in einen Bordcomputer einhacken", schwärmte Eduard und stieg in den interstellaren Viersitzer ein.

„Das weiß ich. Deswegen ist es ja auch untergegangen!", sagte das Universum ungeduldig.

Eduard drückte auf der Konsole einen Knopf mit der Aufschrift „Türen schließen", worauf sich die Türen zischend schlossen und weißer Qualm aus allen möglichen Fugen hervorstieß. Natürlich hätte das Universum auch einen Viersitzer entstehen lassen können, bei dem sich die Türen geräuschlos und ohne Ausstoß von Trockeneis geschlossen hätten – aber das wäre nicht so effektvoll gewesen.

„Gilt denn noch mein Führerschein aus dem alten Universum?", fragte Eduard, während er die vielen Schaltknöpfe auf der Konsole studierte.

„Aber ja doch! Gib einfach das Startkommando und dann los!"

„Der galt aber nicht für Automatik- und Autopilot-Antriebe. Außer bei Motorrädern, da hatte ich ein Upgrade ...“

„Er gilt für dieses Gefährt", unterbrach ihn das Universum, jetzt schon ziemlich ungeduldig.

„Okay, schon gut!", beschwichtigte Eduard. „Aber wenn ich von 'ner Skyway-Patrol angehalten werde und die meinen Führerschein bemängeln, dann ...“

„Ja, ja doch!", stöhnte das Universum. „Es ist okay und nun los. Es wartet ein ganzes Universum auf dich, um vom Weltuntergang berichtet zu bekommen. Und von den schwarzen Löchern. Was spielt da ein abgelaufener Führerschein für eine Rolle?"

Vermutlich keine große, dachte sich Eduard. Immerhin wurde die Frage vom Universum höchst persönlich gestellt, und es hatte sich verdammt stark nach einer rhetorischen Frage angehört. So blieb eigentlich nur noch die Frage, über was er zuerst berichten sollte: Den Weltuntergang oder die schwarzen Löcher.

„Zu Tschita Gonzales, die die Sterne weiß und die Löcher schwarz anmalt", diktierte Eduard in das Mikrofon des interstellaren Viersitzers. Manche Fragen entschied Eduard selbst, ohne auch nur daran zu denken, dass er das Universum fragen könnte.

Das Mikrofon des interstellaren Viersitzers war an einen Kommunikationscomputer angeschlossen, der das Kommando entgegennahm, kodierte und dann über einen gesicherten Kanal an den Bordcomputer übermittelte. Der Bordcomputer dekodierte das Kommando und baute dann zunächst einen atmosphärischen Druck von 115% auf, um die Dichtigkeit aller Türen und Fenster zu überprüfen. Danach prüfte er alle Anlasserschalter für die Triebwerke, schaltete die Staurohrvorwärmung sowie die Enteisung ein und stellte den Anlasserhebel auf Leerlauf. Als nächstes deaktivierte er die Bremsautomatik, fuhr die Startklappen aus und zündete die Triebwerke. Nach Überprüfung der Avionik-Anzeigen regelte er den Schub auf 50% und sie hoben langsam ab. Bei 15 MüB erhöhte er den Schub auf 80%, stellte die Startklappen auf Horizontalflug und fuhr die Standbeine ein. Gleichzeitig verringerte er den atmosphärischen Druck auf 85%. Weiterhin ermittelte er die aktuellen Koordinaten von Tschita Gonzales und übermittelte diese an den Autopiloten. Nach Einregelung der Fluggeschwindigkeit auf 500 KIAS und einer Höhe von 200 MüB übergab er schließlich das Kommando an den Autopiloten, der den interstellaren Viersitzer sicher und schnell zum gewünschten Ziel steuerte.

Weltraumflüge waren in der neuen Welt nicht wirklich einfacher als in der alten Welt geworden. Es sei denn, man wähnte sich glücklich und besaß einen Kommunikationscomputer, einen Bordcomputer sowie einen Autopiloten.

Der Autopilot des interstellaren Viersitzers steuerte einen Mond im Innenquadrant des ersten Kugelhaufens im Universum an, wo Eduard tatsächlich auf Tschita Gonzales traf. Behutsam manövrierte der Autopilot den interstellaren Viersitzer bis auf ungefähr hundert Meter an Tschita heran und aktivierte dann die Landesequenz. Nach dem erfolgreichen Touchdown übergab er das Kommando wieder an den Bordcomputer, der den Innendruck an den atmosphärischen Druck auf dem Mond anglich, die Türen entriegelte und schließlich alle Systeme in den Standby fuhr.

Eduard drückte auf einen Knopf mit der Aufschrift „Türen öffnen", worauf sich tatsächlich alle Türen öffneten, während wieder reichlich weißer Qualm aus allen möglichen Fugen hervorquoll. Gleichzeitig wurde innen im Cockpit auf der Hauptanzeige der Hinweis

Trockeneis nachfüllen!
Der Vorrat reicht nur noch für vier weitere Türsequenzen.

angezeigt.

Eduard stieg aus und stapfte in freudiger Erwartung auf die junge Dame vor ihm zu.

„Hallo", begrüßte er sie, „ich bin Eduard, der Berichterstatter des Universums."

„Hallo, ich bin Tschita", grüßte die Dame freundlich zurück.

„Ich soll über schwarze Löcher berichten", fuhr Eduard fort, „und du solltest wohl am meisten darüber wissen, oder?"

„Vermutlich ja. Im Moment muss ich aber erst diesen Mond hier gelb anmalen", erwiderte Tschita und deutete auf den Boden.

„Gelb!", repetierte Eduard erstaunt.

„Ja sicherlich. Oder soll ich ihn grau anmalen?"

„Nein. Grau – besser nicht", stammelte Eduard verwirrt. Irgendwie fühlte er sich von der Farbe gelb überrumpelt.

„Ich hätte aber nichts dagegen, wenn du mir hilfst. Je eher wir fertig sind, desto schneller kann ich dir zeigen, wie ein Loch schwarz angemalt wird."

Also sogar eine Live-Vorstellung! Eduard jubelte und half Tschita einen großen Eimer mit gelber Farbe zu einer gigantischen Straßenwalze zu schleppen. Die Straßenwalze war knapp 10 Meter lang und schätzungsweise 150 Meter breit. Der vordere Teil bestand aus 37 breiten Walzrädern, die dicht nebeneinander angeordnet waren. Hinter jedem Walzrad verrichteten jeweils zwei riesige Dreckabscheider ihren Dienst. Der erste Abscheider war für das Grobe, und der zweite für das Feine. Der Dreck wurde über zwei Förderbänder in den in der Mitte der Straßenwalze liegenden Fusionsreaktor geleitet und dort zu Kerosin verschmolzen. Es ging also auch ohne Flüssigkadaver.

Hinter dem Fusionsreaktor lag der Motor. Rechts und links vom Motor waren jeweils 8 große Traktorräder montiert, die von dem Motor über 5 seriell geschaltete Getriebe angetrieben wurden.

Tschita kletterte auf die Straßenwalze und Eduard hievte den großen Eimer zu ihr hoch. Dann kletterte er ihr nach und die beiden schütteten die gelbe Farbe in einen Trichter mit der Aufschrift ‚Farbe'. Als nächstes schleppten die beiden einen Eimer Universalverzigfacher zur Straßenwalze und schütteten ihn in einen weiteren Trichter mit der Aufschrift ‚Universalverzigfacher'.

Nachdem sie die beiden Eimer in einem Staufach der Straßenwalze verstaut hatten wischte sich Tschita die Hände mit einem Lappen ab und schritt zur Konsole der Straßenwalze, wo sie den Autopiloten der Walze programmierte.

„So, jetzt sollten wir uns etwas entfernen, damit wir nicht überrollt werden", sagte Tschita zu Eduard.

Die beide bestiegen Eduards interstellaren Viersitzer, den Eduard wenige Meter über die Straßenwalze aufsteigen ließ. Dort öffnete Tschita ein Fenster des Viersitzers und schwenkte eine große gelbe Fahne auf und ab, worauf sich die Straßenwalze in Gang setzte (Fernbedienungen waren zu diesem Zeitpunkt des jungen Universums noch nicht entstanden). Zunächst ratterte die Straßenwalze recht langsam über den Mond, doch nach und nach nahm sie immer mehr Geschwindigkeit auf und raste schließlich mit brüllendem Lärm die programmierte Route entlang (Boardcomputer gab es hingegen schon, sogar bei Straßenwalzen).

„Wow", sagte Eduard staunend und betrachtete die gigantischen gelben Streifen, die die Straßenwalze hinter sich ließ.

„So, dann können wir jetzt auch ein Loch anmalen", sagte Tschita nach einer Weile.

„Sehr gerne, wir sind bereit!", jubelte Eduard und bog das Mikrofon des interstellaren Viersitzers zu Tschita hin.

Tschita sprach in das Mikrofon, dass sie 9,5 Parallaxen über den äquatoren Punkt des Mondes auf eine substellare Umlaufbahn wollten. Der Kommunikationscomputer übermittelte das Kommando wieder an den Bordcomputer, der den interstellaren Viersitzer auf 200 MüB brachte und bei ziemlich genau 500 KIAS die Steuerung an den Autopiloten übergab. Kurz darauf waren sie auf der gewünschten Umlaufbahn. Eigentlich waren Weltraumflüge in der neuen Welt doch einfacher als in der alten Welt.

Auf der Umlaufbahn angekommen, programmierte Tschita eine automatische Rosenschere auf 30 Sekunden und beförderte sie danach durch die Schleuse des Viersitzers nach draußen. 30 Sekunden später fing die Automatik-Rosenschere heftig an zu schnippeln und schnitt schließlich ein kleines Loch in das Universum. Das mit dem ‚Loch in das Universum schneiden' muss man sich so vorstellen, dass die Welt nicht dreidimensional, sondern wenigstens vierdimensional ist, und dass Automatik-Rosenscheren Löcher in all diejenigen Dimensionen schneiden, die wir nicht sehen und die wir uns deswegen auch nicht vorstellen können. Zumindest erklären es die Astrophysiker immer so.

Als nächstes programmierte Tschita eine Sprühdose auf „Schwarz in 60 Sekunden‘ und beförderte auch diese durch die Schleuse des interstellaren Viersitzers nach draußen. Denn schließlich sollte das Loch ja auch schwarz sein – auch wenn man es weder sehen noch sich vorstellen konnte.

„So schnell wie möglich weg von hier", sprach Tschita hektisch in das Mikrofon des interstellaren Viersitzers und schnallte sich an.

„Wohin denn?", fragte der Kommunikationscomputer zurück.

„Irgendwohin, Hauptsache nur weg von hier. In ungefähr 50 Sekunden wird das Loch schwarz angesprüht und dann eine gigantische Gravitation entfachen! Eduard – anschnallen!"

„Okay, ich werde einen schönen Ort aussuchen. Einen Moment bitte", sagte der Kommunikationscomputer und forderte beim Bordcomputer eine Auswahl an beliebten Urlaubsorten an.

„Zurück zum Mond, aber zackig!", brüllte Tschita in das Mikrofon.

„Erst weg von hier, dann irgendwohin, dann auf einmal nur zum Mund und sonst nirgendwohin ... ich hasse unschlüssige Passagiere!", beschwerte sich der Kommunikationscomputer, reichte dann das Kommando aber doch an den Bordcomputer weiter und der interstellare Viersitzer setzte sich in Bewegung. Vielleicht sollte man an dieser Stelle festhalten, dass es noch nicht ganz entschieden war, ob Weltraumflüge in der neuen Welt einfacher als in der alten Welt geworden waren.

Eduard und Tschita schauten aus dem Heckfenster des Viersitzers und beobachteten, wie die Sprühdose nach ungefähr einer weiteren halben Minute zu sprühen begann. Und sie versuchten sich vorzustellen, wie das Loch in der vierten und vielleicht auch in einer fünften Dimension schwarz wurde.

Kaum hatte die Sprühdose angefangen ihren Inhalt auf das Loch zu spritzen, da verschluckte das schwarze Loch schon die Automatik-Rosenschere und gleich darauf die Sprühdose. Danach entfachte das schwarze Loch eine in der Tat gigantische Gravitation und zog alles in seiner Umgebung an, was nicht niet- und nagelfest war. Zu ihrem Glück war der interstellare Viersitzer weder zusammengeschraubt noch geschweißt, sondern genietet und genagelt, so dass er der Anziehungskraft des schwarzen

Loches entkommen konnte.

„Aha!", sagte Eduard lakonisch. „Fantastisch – sehr interessant."

„Bist du enttäuscht?", fragte Tschita.

„Äh, nein. Ich hatte nur gedacht, dass man vielleicht auch etwas sieht."

Denken, so lautete eine alte Bauernregel im neuem Universum, *denken ist Silber, glauben ist Gold.* Also übte sich Eduard im Glauben und brachte Tschita wieder zurück zum Mond, über den die Straßenwalze noch immer hinwegratterte. Die beiden verabschiedeten sich und Eduard machte sich auf den weiteren Weg seiner Mission. Als nächstes wollte er zur Kürbisgalaxie, in der es schon höher entwickeltes Leben geben sollte.

4. Kapitel

Wie der Schmelzkäse entstand

Es gibt Dinge im Universum, die wichtig sind, und Dinge, die unwichtig sind. Zu den wichtigen Dingen zählt zunächst – das heißt an aller erster Stelle – das Universum selbst. Es lohnt sich nicht darüber nachzudenken, ob der wichtigste Teil an einer Sache die Sache selbst ist! Das Universum hatte festgelegt, dass es selbst das Wichtigste im Universum ist, und damit ist es dann auch so.

Das Zweitwichtigste im Universum ist der Berichterstatter. Damit er vom Wichtigsten im Universum berichten kann! Nun, das war nicht schwer zu erraten.

Daneben gibt es noch jede Menge andere Dinge, die zwar bei weitem nicht so wichtig sind, wie das Wichtigste im Universum, aber dennoch auch als wichtig zu bezeichnen sind, und von denen daher ebenfalls berichtet werden muss.

Schließlich gibt es noch die unwichtigen Dinge, die so unwichtig sind, dass man darüber kein Wort verlieren darf. Es mag verwundern, dass das Universum Dinge entstehen ließ, die es dann für so unwichtig erklärte, dass man darüber nicht sprechen durfte. Die einfachste Erklärung ist vermutlich die, dass man sich beim Universum am besten über gar nichts wundert.

Interessant ist, dass es bei den unwichtigen Dingen jedoch eine Ausnahme gibt: Nämlich den Schmelzkäse. Obwohl unwichtig, darf man ihn beim Namen nennen, denn das Universum hatte Eduard beauftragt, über den Schmelzkäse zu berichten.

„Eduard", hatte das Universum gesagt, „du berichtest auch über den Schmelzkäse!"

„Oh super! Ich mag Schmelzkäse!", freute sich Eduard. „Am liebsten zum Frühstück oder zwischendurch bei einem Snack. Auf frisch gebackenen Brötchen oder auch auf einem heißen Croissant verlaufen, zusammen mit einem Clos Vouget, oder ..."

„Du sollst nicht über den Schmelzkäse schwärmen, sondern berichten!", herrschte das Universum Eduard an.

„Oh ja, ich berichte, natürlich. Wo finde ich denn Schmelzkäse?"

„Bitte, bitte!", antwortete das Universum pikiert. „Belästige mich nicht mit so etwas Unwichtigem wie den Aufenthaltsorten von unwichtigen Dingen. Ich hab' wirklich Wichtigeres zu tun!"

Also machte sich Eduard auf die Suche nach dem Schmelzkäse – und musste bald feststellen, dass es im gesamten Universum keinen Schmelzkäse zu geben schien. Was allerdings auch nicht besonders verwunderlich war, denn da der Schmelzkäse zu den unwichtigen Dingen im Universum gehört, kam kein Lebewesen auf die idiotische Idee, sich Schmelzkäse auf Vorrat anzulegen.

Hier war nun Kreativität gefordert, denn Eduard konnte schlecht zum Universum gehen und ihm sagen, dass er nicht über den Schmelzkäse berichten könne. Zum einen nicht, weil man das Universum nicht mit unwichtigen Dingen belästigen sollte – auch nicht mit deren Nicht-Existenz – und zum anderen, weil man dem Universum nie sagen sollte, dass es etwas nicht gibt. Schließlich war es das Universum, und im Universum gibt es schlichtweg alles!

Eduard musste also wohl oder übel den Schmelzkäse selbst herstellen. Normalerweise gehört dies zu den gefährlichsten Dingen überhaupt, die man im Universum machen kann (oder eben besser *nicht* macht): Etwas erschaffen. Zum Erschaffen und Entstehen lassen ist nur das Universum zuständig und sonst niemand. Womit nebenbei auch die Frage nach dem Sinn des Universums geklärt wäre. Doch zurück zum Erschaffen, bei dem es eine wichtige Ausnahme gibt: *Unwichtige* Dinge dürfen auch von anderen außer dem Universum erschaffen werden. Das Universum sieht es zwar nicht gerne und möchte dabei auch nicht die Worte "erschaffen" oder "entstehen lassen" hören, aber es toleriert es.

Eduard stellte den Schmelzkäse also selbst her (wobei er betonte, dass er den Schmelzkäse *produziert* habe) und suchte dazu zunächst in der Netherland-Gallaxie einen Käsemond auf, von dem er eine Ecke in der Größenordnung einer kleinen Hafenstadt abschnitt. Diese abgeschnittene Hafenstadtkäseecke beförderte er für den zweiten Produktionsschritt zum nächst gelegenen Planeten mit einer Atmosphäre, um ihn dort zur Schmelze zu verarbeiten.

Die Kritischen unter den Lesern mögen an dieser Stelle bemängeln, dass es unglaubwürdig sei, dass das kleine Kerlchen Eduard eine Käseecke in der Größenordnung einer kleinen Hafenstadt mal so eben mir nichts, dir nichts mit einem ganz gewöhnlichen interstellaren Viersitzer quer durch das halbe Universum schaffen könne. Nun, abgesehen davon, dass es deutlich weniger als das halbe Universum und Eduard kein kleines Kerlchen war, sei für diese Leser kurz auf die technischen und physikalischen Hintergründe eingegangen. Die übrigen Leser, die solch' unwichtige Dinge weniger interessieren, können die folgenden Abschnitte ja überspringen und direkt bei dem Produktionsverfahren im nächsten Kapitel weiter lesen.

Zunächst müssen wir uns etwas mit der Allgemeinen Relativikästheorie von Albert Einstein befassen. Fangen wir mit der berühmten – und nebenbei bemerkt: für das tägliche Leben absolut nutzlosen – Formel der Äquivalenz von Energie und Masse an, wobei letzteres (die Masse) noch zweimal mit der Lichtgeschwindigkeit multipliziert werden muss, damit es zu einer Äquivalenz kommt. Dies hatte übrigens seinerzeit zu einer erheblichen Verstimmung bei der Energie gesorgt, die es ungeheuerlich fand, dass die Masse zweimal mit der Lichtgeschwindigkeit multipliziert wird, während sie selbst kein einziges mal mit dieser oder wenigstens einer vergleichbaren multipliziert wird.

„Ohne Zweifel wäre es gerechter, wenn die Masse nicht zweimal und ich keinmal, sondern jeder von uns je *einmal* mit der Lichtgeschwindigkeit multipliziert werden würde. Die Masse dermaßen zu bevorzugen ist unerhört", polterte die Energie und strengte ein Gerichtsverfahren gegen Albert Einstein an. Die Anwälte von Albert Einstein argumentierten, dass ihr Mandant die Energie-Masse-Äquivalenz nicht erschaffen habe, sondern sie lediglich entdeckt hätte, und dass Klagen an den Erschaffer zu richten seien. Welches das Universum ist. Womit es wahrscheinlich erscheint, dass die Energie-Masse-Äquivalenz zu den wichtigen Dingen im Universum gehört – aber das nur am Rande.

Jedenfalls gehörte die Energie nicht zu den mutigen Wesen im Universum, weshalb sie auch keine Klage gegen das Universum einreichte und daher auch weiterhin nicht mit der Lichtgeschwindigkeit multipliziert wird.

Die Physiker stellen Energie-Masse-Äquivalenz in Form einer mathematischen Formel dar. Um die Leser aber nicht unnötig mit solchen Formeln zu belästigen soll hier einer anschaulichen Erklärung der Energie-Masse-Äquivalenz der Vorzug gegeben werden. Die Energie-Masse-Äquivalenz besagt:

> *Wenn ich eine tiefgefrorene Suppe für eine vierköpfige Familie habe und lediglich die winzigen Eiskristalle auf der Oberfläche der tiefgefrorenen Suppe vollständig in Energie umwandele, dann reicht diese Energie aus, um die Suppe komplett aufzutauen und derart aufzuheizen, dass der Boden des Suppentopfes schmilzt und der Topfboden mitsamt der brodelnden Suppe herunter rauscht und einen hässlichen Brandflecken auf dem Fußboden hinterlässt.*

Wäre Albert Einstein mehr an den praktischen Dingen des alltäglichen Lebens interessiert gewesen, so hätte er die Energie-Masse-Äquivalenz wohl eher als

> *Friere Suppen niemals ein, sondern bereite sie stets frisch zu!*

formuliert. Da er aber einen Hang zum Naturwissenschaftlichen hatte, zog er die Formulierung $E = m \cdot c^2$ vor.

Da! Da haben wir's! Jetzt steht die mathematische Formel doch da. Nicht schlimm, aber unschön! Es gibt ja Autoren die dem Aberglaube verfallen sind, dass jede mathematische Formel in einem Buch die Zahl der Leser halbiert. Bloßer Aberglaube, wie bereits gesagt und wie sich auch leicht beweisen lässt. Streng mathematisch sogar.

„Schon wieder Mathematik", höre ich da ein paar Leser jammern. Aber Sie wollten diese Ausführungen doch sowieso überspringen. Also bitte, springen Sie. Der Rest jetzt aufgepasst, es geht los. Hier kommt der Beweis:

Um die Jahrtausendwende haben auf der Erde ungefähr 6 Milliarden Menschen gelebt. Da das Buch etwas nach der Jahrtausendwende erschienen ist und um leichter rechnen zu können gehen wir mal von 16 Milliarden Menschen aus – mehr sind es auf gar keinen Fall. Der Einfachheit halber gehen wir auch davon aus, dass alle diese Menschen lesen können und potentielle Leser dieses Buches sind. Wäre die Behauptung mit der Halbierung der Leser richtig, so hätte sich die Zahl der Leser mit der obigen Formel auf 8 Milliarden halbiert.

„Durchaus möglich!", höre ich da einige von Ihnen sagen. Nun gut, ich bin mutig und halbiere die Zahl der Leser mit der Formel

$$a = 1 + b$$

erneut; nichts leichter als das. Nun können es also nur noch höchstens 4 Milliarden Leser sein.

Da wir bis jetzt noch nichts spüren, machen wir zügig weiter:

$a = 2 + b^2$	$a = 6 + b^6$
$a = 3 + b^3$	$a = 7 + b^7$
$a = 4 + b^4$	$a = 8 + b^8$
$a = 5 + b^5$	$a = 9 + b^9$

womit ich die Zahl der Leser 8 mal halbiert hätte, also auf ungefähr 16 Millionen – wenn denn die Behauptung überhaupt richtig ist. Irritieren Sie sich nicht daran, dass die Formeln alle sehr ähnlich sind und dass es kein Paar a und b gibt, das alle neun Formeln gleichzeitig erfüllt. Es sind Formeln, und schöne noch dazu, und das reicht für unsere Zwecke vollkommen. Wann welche Formel womit gelöst werden kann spielt hier keine Rolle. Machen wir also unbeirrt weiter, wobei wir, um Platz zu sparen, die Formeln nun auch nebeneinander schreiben:

$c = 1 + d^1$	$e = 1 + f^1$	$g = 1 + h^1$
$c = 2 + d^2$	$e = 2 + f^2$	$g = 2 + h^2$
$c = 3 + d^3$	$e = 3 + f^3$	$g = 3 + h^3$
$c = 4 + d^4$	$e = 4 + f^4$	$g = 4 + h^4$
$c = 5 + d^5$	$e = 5 + f^5$	$g = 5 + h^5$
$c = 6 + d^6$	$e = 6 + f^6$	$g = 6 + h^6$
$c = 7 + d^7$	$e = 7 + f^7$	$g = 7 + h^7$
$c = 8 + d^8$	$e = 8 + f^8$	$g = 8 + h^8$

24 Formeln, das heißt 16 Millionen 24 mal halbieren. Da kommt ungefähr Eins heraus. Wäre die abergläubische Behauptung richtig, so gäbe es nur einen einzigen Leser dieses Buches. Nun gut, mögen Sie sagen, schließlich könnten Sie ja tatsächlich

der einzige Leser dieses Buches sein. Und sonst würde niemand auf der ganzen Welt dieses Buch lesen.

Kein Problem, mit

$$a^2 - b^2 = (a + b) \cdot (a - b)$$

halbiere ich die Zahl der Leser erneut, womit es gar keinen Leser mehr geben dürfte. Und? Lesen Sie das Buch jetzt oder machen Sie damit Hanteltraining? Und kommen Sie mir nicht damit, dass Sie das Buch nur zur Hälfte lesen wollen. Das Buch hat weit unter 400 Seiten, die Hälfte sind also weniger als 200 Seiten. Mit

$$k = 1 + l^1 \qquad m = 1 + n^1 \qquad o = 1 + p^1 \qquad q = 1 + r^1$$
$$k = 2 + l^2 \qquad m = 2 + n^2 \qquad o = 2 + p^2 \qquad q = 2 + r^2$$

dürften Sie nun noch nicht einmal eine ganze Seite gelesen haben. Haben Sie aber. Und Ihr Nachbar, der verzweifelt hofft, dass es jetzt endlich mit der Story weiter geht, hat auch mehr als nur eine halbe Seite gelesen. Womit bewiesen wäre, dass die Behauptung falsch ist.

Nachdem wir das nun geklärt haben, können wir uns dann hoffentlich wieder wichtigeren Dingen widmen. Zum Beispiel dem Universum und den Dingen, die aus der Energie-Masse-Äquivalenz folgen.

Für Eduard war das Gesetz der relativistischen Masse am wichtigsten, auf dessen vulgäre und perverse Herleitung wir hier lieber verzichtet wollen, so dass wir direkt auf dessen Bedeutung eingehen können. Es besagt, dass ein Gegenstand um so schwerer wird, je schneller er bewegt wird. Oder umgekehrt, dass ein Gegenstand um so leichter wird, je langsamer er bewegt wird. Unglücklicherweise wird er aber nicht beliebig leicht, wenn man den Gegenstand überhaupt nicht bewegt, sondern jeder Gegenstand hat eine sogenannte Ruhemasse. Leichter als die Ruhemasse kann der Gegenstand nicht werden, selbst wenn man ihn gar nicht bewegt. Jedoch wird er ausgehend von dieser Ruhemasse um so schwerer, je schneller er bewegt wird. Und je schwerer ein Gegenstand ist, desto weniger kann man ihn weiter beschleunigen, d.h. noch schneller bewegen. Damit ist es schließlich unmöglich, einen Gegenstand beliebig schnell zu bewegen und es dauert daher Ewigkeiten, um große, schwere Gegenstände (zum Beispiel eine Hafenstadtkäseecke) über größere Entfernungen zu transportieren.

Diese Tatsache fanden etliche Lebewesen reichlich dämlich

und suchten nach Wegen, sie zu umgehen. Es war schließlich Dr. Eckart Rembold, dem es mit dem von ihm erfundenen Komplexotrons gelang, beliebig große Gegenstände mühelos in kürzester Zeit durch den Weltraum zu transportieren. Das Komplexotron transformierte reale Gegenstände in imaginäre, so dass diese dann auch mit imaginärer Geschwindigkeit bewegt wurden. Gegenstände, die mit imaginärer Geschwindigkeit bewegt werden, werden aber nicht schwerer, sondern leichter, je schneller sie bewegt werden. Das liegt daran, dass bei der Berechnung der relativistischen Masse das Quadrat der Geschwindigkeit zur Ruhemasse dazu addiert wird. Da nun die Geschwindigkeit imaginär ist und das Quadrat einer imaginären Zahl eine negative Zahl ist, wird nunmehr etwas von der Ruhemasse abgezogen, so dass die relativistische Masse kleiner als die Ruhemasse wird. Der Gegenstand wird also leichter, und je leichter ein Gegenstand ist, desto weniger Kraft braucht man, um ihn zu beschleunigen. Wodurch er noch schneller und damit wiederum noch leichter wird, so dass die weitere Beschleunigung ebenfalls wieder leichter wird. Zum Schluss wird dann alles so leicht, dass sich der Gegenstand schließlich von selbst beschleunigt und beliebig schnell wird.

5. Kapitel

Jetzt kommen wir endlich zur Schmelzkäseproduktion

In diesem Kapitel treffen wir die Leser wieder, die den technisch–physikalischen Teil übersprungen haben. Herzlich willkommen zurück!

Wir waren dabei stehengeblieben, dass Eduard die Käseecke von den Käsemonden zum nächsten Planeten mit einer Atmosphäre befördern musste, wo er den Schmelzkäse herstellen wollte. Eduard hatte dazu eine INTERGAL Tankstelle angesteuert, wo er auch auf Dr. Rembold mit seinem Komplexotron traf.

„Einmal leertanken, bitte", bat Eduard den Tankwart.

Für herkömmliche Fahrzeuge, die sich ohne den Mechanismus des Komplexotrons fortbewegen, ist es für interstellarische Reisen enorm wichtig, dass sie möglichst wenig Treibstoff getankt haben. Dies folgt aus dem gleichen Gesetz von Albert Einstein, das wir bereits im vorherigen Kapitel diskutiert haben.

Um es nochmals kurz zusammenzufassen: Je schwerer ein Gegenstand ist, desto schwerer ist es, ihn auf große Geschwindigkeiten zu beschleunigen. Also tankt man konventionelle Fahrzeuge, die nicht über den Mechanismus des Komplexotrons verfügen, nicht voll, sondern leer, damit sie möglichst leicht sind, und somit möglichst leicht auf möglichst große Geschwindigkeiten beschleunigt werden können. Das sollte einleuchten.

„Aufbruch zu einer kleinen Kreuzfahrt, was?", fragte Dr. Rembold, der zufällig neben Eduard parkte und sein Komplexotron auftanken ließ.

„Ja, zum nächsten Planeten mit einer Atmosphäre", antwortete Eduard.

„Wow, das wird teuer", stellte Dr. Rembold fest. „Der ist so weit weg, da werden die verdammt viel Sprit aus deinem Tank saugen müssen. Sonst bist du so langsam, dass du Ewigkeiten brauchst, bist du ankommst."

„Bitte auch die drei Beifahrersitze ausbauen", sagte Eduard zu dem Tankwart. Er wusste, dass Leertanken alleine nicht ausreichen würde. Zu Dr. Rembold gerichtet meinte er: „Ich weiß. Ich will auch noch reichlich Käse mitnehmen."

„Hm, Käse! Ich mag Käse", sagte Dr. Rembold.

„Die Rückspiegel und das Ersatz-Radion auch", sagte Eduard wieder zu dem Tankwart gerichtet. „Ich auch", sagte er zu Dr. Rembold, „ich habe bei den Käsemonden eine riesige Käseecke abgeschnitten. Die ist so groß, da reicht es nicht leerzutanken. Da muss noch ein bisschen mehr raus."

„Wie groß ist die denn?"

„Als nächstes dann bitte die Türverkleidungen und den Himmel rausnehmen", wies Eduard den Tankwart an. „Och", fuhr er zu Dr. Rembold gewandt fort, „vielleicht so groß wie eine kleine Hafenstadt."

Dr. Rembold klappte seinen Mund auf, blieb dann aber doch stumm und klappte den Mund wieder zu. Dann holte er ein winziges Handy aus seiner Armbanduhr, schloss seine Hand an einer der Blutzapfstellen der INTERGAL Tankstelle an und tankte seine Hand vollständig blutleer, so dass seine Finger so weit zusammengeschrumpft waren, dass er die winzigen Knöpfe des aberwitzig winzigen Handys bedienen konnte. Dann wählte er die Nummer des Bordcomputers seines Komplexotrons, das neben ihm vollgetankt wurde, und fragte:

„Identifikation Null8Sechzehn: Wie leer muss man einen interstellaren Viersitzer tanken, damit man eine kleine Hafenstadt vom aktuellen Standort bis zum Planeten Xiau in möglichst kurzer Zeit transportieren kann?"

Dr. Rembold wartete kurz und drückte dann die „Hörer auflegen" Taste an seinem Handy. Dann wählte er an der Blutzapfstelle die „Undo" Funktion (bei deutschsprachigen Zapfstellen zumeist als „Rückgängig" Funktion gekennzeichnet), so dass sein Blut wieder zurück in die Hand gepumpt wurde und diese wieder auf normale Größe aufquoll.

Die INTERGAL Tankstellen waren seinerzeit die modernsten Tankstellen im Universum. Jede Zapfsäule einer INTERGAL Tankstelle hatte unter anderem eine „Undo" Funktion, damit man im Falle eines Irrtums den Vorgang rückgängig machen konnte. Darüber war schon so manch ein Autofahrer glücklich gewesen, der aus Versehen Kerosin getankt hatte, obwohl er eigentlich Diesel gebraucht hätte.

Dr. Rembold benutzte diese Funktion jedoch vor allem dazu, um Geld zu sparen. Kaum hatte er die „Undo" Funktion an der Blutzapfstelle ausgewählt, da war der Gebührenzähler auf Null zurück gesprungen und hatte sein Blut wieder zurück in seine Hand gepumpt.

Dr. Rembold wendete sich zu Eduard: „380 Jahre, wenn der Tank nach dem Leertanken noch trocken gelegt wird. Ohne Beifahrersitze, Rückspiegel, Ersatz-Radion, Türverkleidungen und Himmel immerhin noch 214 Jahre. Ohne alles kann man es auf 38 Jahre drücken."

„Hm, dann fehlt aber auch das Mikrofon. Und ohne das Mikrofon kann ich das Ding nicht fliegen!", jammerte Eduard.

„Ich mach' dir einen Vorschlag", sagte Dr. Rembold, „ich hab ein spezielles Fahrzeug. Genau das Richtige, um große Dinge in kurzer Zeit zu transportieren. Was hältst du davon, wenn wir deinen Viersitzer bei mir aufladen und du mir den Weg zu den Käsemonden zeigst. Dort holen wir deine Käseecke ab und ich bringe dich zum Planeten Xiau, das ist der nächste Planet mit Atmosphäre. Und als Dankeschön lädst du mich auf ein Raclette-Abendessen ein?"

„Wie lange brauchen wir denn mit deinem Transporter zum Planeten Xiau?", fragte Eduard.

„Na, so 3 bis 4 Stunden wird es schon dauern."

Eduard klappte seinen Mund auf und wieder zu, lächelte dann Dr. Rembold an und nahm das Angebot dankbar an.

Dr. Rembold tänzelte zur Zapfsäule, an der sein Komplexotron hing, und drückte die „Undo" Taste. Dann hüpfte er grinsend rüber zur Zapfsäule, an der Eduards interstellarer Viersitzer hing, und drückte auch dort die „Undo" Taste.

„Ach ne, lass mal nur", meinte Eduard, „spätestens für die übernächste Fahrt muss ich sowieso leertanken!"

„Geht schon klar", gluckste Dr. Rembold und beobachtete gurrend, wie sein Komplexotron wieder leergetankt wurde, Eduards Viersitzer wieder vollgetankt wurde, und schließlich die Gebührenzähler beider Zapfsäulen zurück auf Null sprangen.

Während der Tankwart wieder Beifahrersitze, Rückspiegel, Ersatz-Radion, Türverkleidungen und Himmel in Eduards Viersitzer einbaute, klemmte Dr. Rembold ein Tankhilfekabel zunächst an den Tank von Eduards Viersitzer und dann an den Tank seines Komplexotrons. Dann ließ er den Motor seines Komplexotrons an und pumpte den kompletten Sprit vom Viersitzer in das Komplexotron.

„Für umsonst!", strahlte Dr. Rembold Eduard an.

„Danke schön!", sagte Eduard und staunte. Für umsonst hatte er noch nie leergetankt! „Was machst du denn mit dem vielen Sprit?"

„Och, mein Gefährt verbraucht ziemlich viel. Macht aber nix. Ich habe einen Materie-Transformator!"

„Einen was?", fragte Eduard.

„Einen Materie-Transformator. Wirst du sehen wenn wir die Käseecke aufladen."

Eduard war tief beeindruckt von Dr. Rembold; und von seinem Undo-Trick. Noch mehr staunte er jedoch, als Dr. Rembold im Laden der INTERGAL Tankstelle fünf Packungen Müsliriegel aus dem Regal nahm, zur Kasse ging, die Müsliriegel bezahlte, anschließend die Undo-Funktion am Kassenautomaten wählte und sein Geld wieder zurück bekam. Wobei er die Müsliriegel aus hygienischen Gründen behalten durfte – immerhin waren sie ja schon in fremden Händen gewesen.

Die INTERGAL Tankstellen sind übrigens ziemlich schnell pleite gegangen. Angeblich weil sie vom Universum nicht so richtig geliebt wurden. Es gibt allerdings auch Gerüchte, die besagen, dass es den INTERGAL Kunden an moralischer Festigkeit gemangelt habe. In diesem Zusammenhang wurde auch wiederholt von einer Herde von schwarzen Schafen berichtet, die über die INTERGAL Tankstellen hergefallen sein sollen. Wieder andere Gerüchte behaupten, dass es eine feindliche Übernahme durch Muscheltiere gegeben habe, die dann den INTERGAL Geschäftszweig pleite gehen ließen, um ihre eigene Tankstellenkette zu etablieren. Was wirklich passiert ist, wird man wohl nicht mehr heraus bekommen, zumal Eduard seinerzeit viel zu sehr mit den Undo-Tricks von Dr. Rembold und dem Komplexotron beschäftigt war, als dass er den INTERGAL Tankstellen die ihnen gebührende Aufmerksam geschenkt hätte.

Dr. Rembold und Eduard luden den interstellaren Viersitzer auf das Komplexotron auf und flogen Richtung Käsemonde. Dort schoben sie zunächst den Viersitzer sowie die Hafenstadtkäseecke in das Komplexotron, die wenige Sekunden später am anderen Ende des Komplexotrons als imaginärer Viersitzer und imaginäre Hafenstadtkäseecke herauskamen.

„Wow, wie das glitzert", staunte Eduard und streckte die Hand zum imaginären Viersitzer aus.

„Nicht anfassen!", brüllte Dr. Rembold.

„Warum nicht?", fragte Eduard erschrocken.

„Fühlt sich sehr hässlich an!", sagte Dr. Rembold. „Mit imaginärer Materie ist nicht gut Kirschen essen. Reale und imaginäre Materie zur gleichen Zeit am gleichen Ort, das ist ein Paradoxon. Das kann unabsehbare Folgen für die Zukunft haben!"

Eduard war so, als ob er diesen Satz schon mal gehört hätte. In ungefähr jedem zweiten Science-Fiction Film. Nur die genaue Begründung für diese dramatische und ach so katastrophale Gefahr, die wollte ihm beim besten Willen nicht mehr einfallen.

Ich würde Ihnen, sehr verehrter Leser, ja gerne die physikalischen Details und Probleme, die sich bei Zeit- und Materietransformationen ergeben, ausführlich schildern. Aber ich befürchte wir haben in diesem Buch schon genug wissenschaftliche Abhandlungen gehabt. Immerhin gibt es Untersuchungen die belegen, dass sich die Zahl der Leser eines Buches mit jeder wissenschaftlichen Ausführung einer Thematik halbiert. Es wäre leichtsinnig, ja geradezu töricht, an der Seriosität dieser Untersuchungen zu zweifeln! Glauben Sie einfach, dass es ungesund ist, wenn reale und imaginäre Materie zur gleichen Zeit am gleichen Ort sind. Es ist so und sollte Ihnen als Begründung reichen.

Dr. Rembold und Eduard krabbelten durch das Komplexotron und kamen auf der anderen Seite imaginär heraus. Dort zog Dr. Rembold seine Fernbedienung aus seiner Armbanduhr und drückte mit einem spitzen Bleistift auf einen Knopf, worauf das Komplexotron selbst durch das Komplexotron lief und imaginär hinten herauskam. Es wurde sozusagen umgekrempelt.

„So, jetzt ist alles imaginär", erklärte Dr. Rembold. „Jetzt können wir es gefahrlos anfassen und auch wieder einsteigen."

Die beiden stiegen ein und waren tatsächlich nach gut 3 Stunden Flug beim Planeten Xiau. Dort drückte Dr. Rembold auf den Undo-Knopf seiner Fernbedienung und alles, einschließlich des Komplexotrons selbst, wurde von genau diesem wieder zurück in reale Materie transformiert.

„Jetzt bin ich aber gespannt", sagte Dr. Rembold und sah Eduard erwartungsvoll an.

Über eine Schleuse krabbelten Eduard und Dr. Rembold in den interstellaren Viersitzer und entriegelten von dort die Schleusenverbindung, so dass sich der Viersitzer vom Komplexotron lösen konnte. Langsam steuerte Eduard den Viersitzer zur Hafenstadtkäseecke und beförderte dort einen Gravitationsmultiplier, den er während des Fluges gebastelt hatte, durch die Schleuse nach außen. Behutsam bugsierte er den Gravitationsmultiplier mit dem Viersitzer zur Käseecke und quetschte ihn schließlich mit dem Bug des Viersitzers tief in die Käseoberfläche hinein. Als nächstes manövrierte er die komplette Käseecke auf eine geostationäre Umlaufbahn über dem Planeten. Dort angekommen aktivierte er den Gravitationsmultiplier, der das ihn umgebenen Gravitationsfeld derart vervielfachte, dass die Käseecke mit fünffacher Anziehungskraft von dem Planeten angezogen wurde und auf diese herunterstürzte. Beim Eintritt in die Atmosphäre erhitzte sich der Käse dermaßen, dass er schmolz und schließlich auf Xiau als Käseregen niederging und sich dort in den Senken sammelte.

„Grandios", rief Dr. Rembold begeistert.

„Runter auf Xiau", diktierte Eduard in das Mikrofon des Viersitzers, worauf dieser auf den Planeten zusteuerte und die beiden nach der Landung in eine vollkommene Schmelzkäselandschaft entließ.

„Sehr lecker", lobte Dr. Rembold, nachdem er sich eine reichliche Portion genehmigt hatte.

„Nur ein bisschen sandig", stellte Eduard fest. Er war auch sehr begeistert, auch wenn er nicht offen mit seiner Erfindung prahlen wollte. Immerhin handelte es sich ja um etwas Unwichtiges. Dennoch überlegte er, ob er seine Erfindung nicht zum Patent anmelden sollte.

„Also, Dr. Rembold", sagte Eduard, „vielen Dank für Ihre Hilfe. Wie wäre es heute Abend mit dem versprochenen Raclette Abendessen? Ich glaube, morgen werde ich zum intergalaktischen Patentamt aufbrechen, um diese herrliche Erfindung schützen zu lassen."

„Eine gute Idee, das solltest du in der Tat machen. Aber weißt du was? Ich glaube eine gewaltige Portion von dem Schmelzkäse hier wäre mir viel lieber als ein Raclette Essen."

„Ja? Aber der ist doch noch ziemlich sandig? Man müsste den Planeten mit Frischhaltefolie auslegen, bevor man die Käseecke durch die Atmosphäre stürzen lässt."

„Nein, nein. Ich schöpfe den Schmelzkäse einfach von oben ab. Dann wird auch kein Sand dabei sein."

Eduard willigte ein – immerhin konnte er so direkt zum Patentamt aufbrechen und musste nicht bis zum nächsten Tag warten. Dr. Rembold lud so gut wie den kompletten Schmelzkäse in sein Komplexotron und Eduard vom verbliebenem Rest so viel wie möglich in den Stauraum seines interstellaren Viersitzers. Dann verabschiedeten sich die beiden und Dr. Rembold machte sich mit seinem Komplexotron auf den Weg zum nächsten Baumarkt mit Undo-Funktionen.

Eduard machte sich auf den Weg zum Patentamt. Normalerweise wäre er noch am gleichen Tag dort angekommen, aber da sein Tank restlos leergetankt war musste er zunächst zur nächsten Tankstelle laufen, um sich ein paar Tropfen Sprit zu holen. Das war schon ziemlich nervig. Manchmal kam es Eduard vor, als ob er nie genau wüsste, wann er denn nun den Tank am besten leer, und wann am besten voll tanken sollte.

Zu allem Überdruss wurde dann auch noch seine Erfindung beim Patentamt abgelehnt.

„Ist nicht mehr neu", beschied der Patentanwalt.

„Wie?! Wieso nicht mehr neu! Die habe ich doch gerade erst erfunden!", rief Eduard empört.

„Das kann jeder behaupten. Wir haben hier eine Anmeldung, die genau diese Erfindung beschreibt", erwiderte der Patentanwalt.

„Von wem?", fragte Eduard.

„Darf ich nicht sagen."

„Wie, dürfen Sie nicht sagen? Was ist denn daran so geheim!"

„Gar nichts. Der Erfinder hat sich aber auch gleich selbst schützen lassen."

„Aber das ist meine Erfindung!", protestierte Eduard.

„Wohl kaum. Sie ist ja schon längst angemeldet worden."

„Aber früher kannte man dieses Verfahren doch gar nicht."

„Nun, der echte Erfinder kannte sie schon."

Eduard war mächtig sauer. Es kam ihm so vor, als ob jemand seine Idee geklaut hätte. Zum Beispiel der Tankwart an der INTERGAL Tankstelle. Der hatte die ganze Zeit seinem Gespräch mit Dr. Rembold zugehört, während er Eduards Viersitzer zunächst auseinander genommen und dann wieder zusammengebaut hatte. Eduard beschloss sich beim Universum zu beschweren und machte sich auf den Weg zur Schaltzentrale des Universums.

Die Schaltzentrale des Universums ist eigentlich nichts Besonderes. Genau genommen ist sie eine ganz gewöhnliche Hütte auf einem ganz gewöhnlichen Planeten. Das einzige, was diese Hütte zur Schaltzentrale des Universums machte, war die Tatsache, dass das Universum hier eines seiner vielen Ohren permanent verweilen ließ, was anderorts keineswegs der Fall war. Damit konnte man das Universum jederzeit in dieser Hütte ansprechen. Und daher war die Hütte auch nur äußerst wenigen Wesen im Universum bekannt, denn das Universum wollte natürlich nicht permanent von irgend jemand angequatscht werden. Der Berichterstatter des Universums war selbstverständlich eine Ausnahme. Tatsächlich war er einer der Ersten gewesen, dem das Universum den Ort der Hütte mitgeteilt hatte.

Eduard öffnete die Tür der Hütte und trat ein. Der Boden war mit einem Vliesteppich ausgelegt, dessen kurze Härchen rhythmisch hin und her schwangen. Die Wände waren mit Holz vertäfelt und es hingen einige imposante Bilder vom letzten Weltuntergang herum. Unter jedem Bild stand in goldenen Lettern „Das Universum". Wie die Bilder über die Zeit des Nichts in die neue Welt hinüber gerettet worden waren, ist bis heute ungeklärt. Einige Einfaltspinsel meinen, dass sie gar nicht vom letzten Weltuntergang seien, sondern vom vorletzten. Noch einfältigere Zeitgenossen behaupten, dass diese Bilder am Computer nach Vorgaben von Astrophysikern erstellt worden wären. Vermutlich waren sie aber alle einfach vom Universum selbst erschaffen worden.

In der Mitte des Raums stand ein kleiner Wohnzimmertisch mit einem bequemen Sofa davor. Eduard setzte sich auf das Sofa und wartete kurz.

„Ähem", sagte er zurückhaltend.

„Einen Moment bitte", sagte das Universum. „Ich überlege gerade."

Eduard wartete artig.

Nach einer Weile fragte er vorsichtig: „Wie lange dauert das denn ungefähr?"

„Das überlege ich ja gerade", erwiderte das Universum. Etwas später war es mit dem Überlegen fertig. „Na, hast du schon allen von dem grandiosen Weltuntergang berichtet?", fragte das Universum.

„Na ja, noch nicht allen. Schließlich entstehen ja immer noch neue Wesen im Universum. Denen konnte ich natürlich noch nicht berichten."

„Ja, ich weiß. Das ist toll, dass dauernd neue Dinge entstehen, nicht wahr. Ist es nicht schillernd? Ist es nicht farbenfroh? Hm – ich glaube, es ist einfach genial?", überlegte das Universum schwärmerisch.

„Ähm, ja doch", sagte Eduard, „sehr genial. Ähm, ich wollte berichten, dass ich bestohlen wurde."

„WAS?", schrie das Universum.

„Ja, man hat mir eine Erfindung gestohlen."

„EINE ERFINDUNG!", rief das Universum noch empörter. „Wer wagt es hier in mir Erfindungen zu stehlen?! Was war es denn für eine Erfindung?"

„Wie man Schmelzkäse zubereitet."

„Wie man was macht?", fragte das Universum ungläubig.

„Schmelzkäse. Wie man ..."

„Wie man Schmelzkäse macht?", unterbrach das Universum.

„Ja", schluchzte Eduard, „ich war auf Xiau und ..."

„Aber das ist doch unwichtig", unterbrach das Universum erneut.

„Nun gut, wo es war ist in der Tat unwichtig. Auf jeden Fall bin ich bestohlen worden und ..."

„Das ist doch alles total unwichtig", brummte das Universum. War es denn zu fassen? Es wurde tatsächlich mit dem Diebstahl einer unwichtigen Sache belästigt.

„Wieso unwichtig. Es ist eine Erfindung. Eine tolle Erfindung. Sie ist schillernd und farbenfroh. Sie ist genial", protestierte Eduard.

„Na, na, na. Jetzt wollen wir mal nicht übertreiben! Es ist eine Erfindung zu etwas absolut Unwichtigem. Wichtige Dinge sind von Wichtigkeit! Wie zum Beispiel der Weltuntergang. Oder das Nichts. Es gibt nichts, dass man mit dem Nichts vergleichen mag. Oh, ist es nicht schillernd? Ist es nicht ..."

„Aber ich soll doch darüber berichten!", unterbrach jetzt Eduard, wobei er leicht angesäuert war.

„Aber ja doch, sicherlich sollst du über das Nichts berichten."

„Nein, nicht über das Nichts. Über den Schmelzkäse sollte ich doch berichten!"

„Das ist unwichtig."

„Warum soll ich dann darüber berichten, wenn es unwichtig ist?", fragte Eduard, der mittlerweile schon mächtig sauer war.

„Weiß ich nicht mehr. Ist ja auch nicht so wichtig", erwiderte das Universum geistesabwesend, „Hauptsache du berichtest."

„Aber es gibt einen Dieb, der meine Erfindung gestohlen hat, und das ..."

„Ist auch unwichtig", unterbrach ihn das Universum gelangweilt.

Eduard wurde noch saurer. Genau genommen wurde er sogar stocksauer und verwandelte sich in einen Zitronenstock. Das Universum grunzte zufrieden und genoss die Ruhe.

„DIEBE !!"

Das Universum schreckte hoch. Seit wann konnten denn Zitronenstöcke sprechen? Aber es war gar nicht der Zitronenstock, sondern Tschita.

„Diebe!", schrie sie, „wir sind bestohlen worden."

„Alles unwichtig", sagte das Universum genervt und gähnte ausgiebig.

„Aber wieso unwichtig", japste Tschita aufgeregt, „es ist ein schwarzes Loch gestohlen worden."

„WAS?!", schrie das Universum. „Ein schwarzes Loch! Wer hat das getan, heraus mit der Sprache!"

„Das weiß ich nicht", sagte Tschita, „aber ich bin mir sicher, dass es entwendet worden ist. Ich verliere nie ein schwarzes Loch. Und die schwarzen Löcher bewegen sich nie weiter als ein, zwei Lichtjahre."

Das Universum wusste, dass dies stimmte. Immerhin hatte es ja selbst alles erschaffen und wusste genau, wie es war. Nur das mit dem Dieb bereitete ihm etwas Unbehagen.

„Ich habe keinen Dieb entstehen lassen", polterte es empört, „wer wagt es anders zu sein als ich ihn erschaffen habe?"

Tschita zuckte mit den Achseln.

„Wo ist Eduard? Der hat mich schon ausgiebig bereist. Der soll den Dieb fangen und ihn zu mir bringen. Weißt du wo er ist?", fragte das Universum zu Tschita gerichtet.

Tschita zuckte wieder mit den Achseln.

„Ach ja, ähä", lächelte das Universum verlegen. „Eduard war ja gerade auf einen mentalen Trip. Wollte als Pflanze etwas meditieren. Meinte, er bräuchte das. Seltsames Kerlchen, nicht war?", erklärte es blöd grinsend.

Tschita schaute fragend um sich.

„So, genug meditiert", sagte das Universum Richtung Zitronenstock, ließ eine Ziege daneben entstehen und diese dem Zitronenstock einen Tritt in den Hintern verpassen.

„Au", japste der Zitronenstock und verwandelte sich zurück in Eduard.

„Wichtige Neuigkeit!", sagte das Universum im Tonfall eines Generals. „Wir haben Diebe im Universum."

„Natürlich haben wir das!", sagte Eduard, durchaus noch ein wenig in der Geschmacksrichtung einer Zitrone.

„Keine Unterbrechungen jetzt", sagte das Universum. „Es geht nicht um den Dieb deiner unwichtigen Erfindung, sondern um den Dieb eines schwarzen Lochs. Wir bilden eine Special Multi Investigation Task Force – kurz Smitf."

„Wie wäre es mit einem ganz normalen Sonderkommando", schlug eine Antimateriewolke vor, die sich durch eines der offenen Fenster in die Hütte gestohlen hatte.

„Ruhe! Wir haben jetzt keine Zeit für dämliche Bemerkungen. Eduard und Tschita, ihr beiden macht euch auf die Suche nach dem Dieb."

„Wow, ist das eine große Task Force!", lästerte die Antimateriewolke.

„Aber ich muss doch die Sterne anmalen?", gab Tschita zu

bedenken.

„Ja, das stimmt, das ist wichtig", stimmte das Universum zu.
„Also Eduard, du machst dich alleine auf den Weg. Sollte für
dich kein großes Problem sein, oder?"

„Nein, nur ein unwichtiges Problem. Eine einzige Person für
ein unwichtiges Problem sollte ausreichen", lästerte die Antimateriewolke weiter, worauf das Universum eine Handvoll Dreck
auf die Antimateriewolke warf und beides in einem gigantischen
Energieblitz verpuffte. Mit der Antimaterie ist das nämlich wie
mit der imaginären Materie: Materie und Antimaterie zur gleichen
Zeit am gleichen Ort – das geht nicht gut.

„Eduard", wandte sich das Universum an Eduard, „du hast die
Lizenz zum Verhaften!"

6. Kapitel

Die Wasserplaneten

Mit der Lizenz zum Verhaften ist man gut ausgerüstet im Universum. Natürlich darf man damit keine Verbrechen begehen. Aber
ansonsten darf und kann man fast alles.

So hatte beispielsweise einst ein kleines Nagetier vom Planeten
Hackebeil den Verstand der halben Bevölkerung des Universums
verhaftet. Dummer Weise hatte es sich selbst auch unter dieser
Hälfte der Bevölkerung befunden, so dass es darauf ohne jeglichen Verstand den verhafteten Verstand in einem Bodenloch
versteckte. In der Zuversicht, dass es damit gut über den Winter
kommen würde. Wäre es noch bei Verstand gewesen, so hätte es
sich sicherlich daran erinnert, dass es auf Hackebeil überhaupt
keinen Winter gab. Und weiter, dass es noch nie einen Winter
erlebt hatte, ja, noch nicht einmal wusste, was ein Winter überhaupt ist. Da es aber ohne Verstand war, bemerkte es all dies
nicht und warf auch noch die Lizenz zum Verhaften achtlos weg.

Dies hatte ein Rasenmäher mitbekommen, der die Lizenz gie-
rig an sich riss und sogleich den Planeten Hackebeil verhaftete.
Normalerweise kann man nicht behaupten, dass Rasenmäher mit
einer nennenswerten Portion an Intelligenz ausgestattet sind. Da
die Hälfte der Bevölkerung des Universums jedoch ihres Ver-
standes beraubt war, insbesondere in diesem Teil des Universums, fiel dies nicht besonders auf – der Rasenmäher verhielt

sich nicht im geringsten schwachsinniger als die übrigen Wesen.

Mit dem verhafteten Hackebeil würde er – so die Hoffnung des Rasenmähers – das intelligenteste Wesen im Universum werden. Schließlich war der Verstand der halben Bevölkerung des Universums auf dem Planeten versteckt – er musste ihn nur finden. Und so machte er sich daran, Hackebeil systematisch abzumähen. Immerhin war dies das Einzige, was er konnte: Mähen. Und es gab immerhin gute Gründe zu hoffen, dass er auf diese Weise das Loch, in dem das Nagetier den verhafteten Verstand versteckt hatte, entdecken würde.

Dummerweise war das Stromkabel des Rasenmähers nur 312 km lang, so dass der Rasenmäher noch nicht einmal annähernd um den ganzen Planeten fahren konnte. Und welcher Planet hat schon mehr als eine Steckdose? Hackebeil jedenfalls nicht!

Doch dem Rasenmäher fiel dies nicht auf. Er fing an, willkürlich in eine Richtung zu mähen und mähte so lange, bis er 312 km von der einzigen Steckdose auf Hackebeil entfernt war. Dann konnte er nicht mehr weiter geradeaus. Also drehte er sich nach rechts und mähte in diese Richtung weiter – und damit in einem gigantischen Kreis um die Steckdose herum. Als er nach ungefähr 10 Tagen wieder am Ausgangsort ankam, war dort das Gras schon wieder so hochgewachsen, dass der Rasenmäher gar nicht bemerkte, dass er hier schon längst gemäht hatte. Und so mähte er weiter und fuhr damit den gleichen Kreis noch mal ab.

Da es auf Hackebeil keinen Winter gab, wuchs das Gras Tag für Tag schön gleichmäßig weiter, und der Rasenmäher mähte Tag für Tag, Woche für Woche, Monat für Monat, immer schön den selben Kreis herum. Bis dem Universum vom Zuschauen schwindelig wurde und es kurzerhand den Strom auf Hackebeil abstellte. Den versteckten Verstand verteilte es zurück an die Weltbevölkerung, den Rasenmäher schickte es zur Generalüberholung in die Werkstatt und die Lizenz zum Verhaften bewahrte es für spätere Zwecke auf. Man konnte ja nie wissen!

Eduard verhaftete mit seiner Lizenz zum Verhaften als Erstes den Sprit im Tank seines interstellaren Viersitzers. So billig hatte er noch nie leergetankt – von der Tankaktion mit Dr. Rembold mal abgesehen. Dann machte er sich auf zur Galaxie, in der es die Wasserplaneten gab. Vielleicht, so überlegte sich Eduard, würde der Dieb sich nun genüsslich auf einer Luftmatratze und mit einem exotischen Drink in der Hand über das Wasser treiben lassen, mit seinen Füßen in demselben herum planschen und sich über sein Diebesgut freuen. Das war sicherlich naheliegend. Zumindest hoffte es Eduard. Also machte er sich auf zu den Wasserplaneten, die in erster Linie von Triel-Elefanten besiedelt wurden. Das Angenehme an den Triel-Elefanten war, dass sie die menschliche Sprache verstanden, was die Kommunikation mit ihnen doch erheblich vereinfachte.

„Mögt ihr Schmelzkäse", fragte Eduard die Elefanten.

„Was ist das, Schmelzkäse?", fragten die Elefanten neugierig.

Nun, unter den Elefanten ist der Dieb jedenfalls nicht, sagte sich Eduard.

„Hm, das ist so ähnlich wie geschmolzener Käse", antwortete Eduard. „Die Erfindung ist gestohlen worden, und ich dachte, ich finde den Dieb hier auf dem Wasserplaneten."

„In allen öffentlichen Wasserplaneten baden nur Elefanten", sagte ein Elefant. „Aber schau doch mal auf dem versteckten Wasserplaneten am Rande der Galaxie nach. Dort sind keine Elefanten. Vielleicht badet der Dieb ja dort."

„Aha", sagte Eduard. „Und habt ihr zufällig jemanden mit einem schwarzen Loch gesehen?"

„Was ist denn ein schwarzes Loch?", fragten die Elefanten zurück und Eduard erinnerte sich, dass er in dieser Galaxie noch niemandem über die Entstehung des Universums und die schwarzen Löchern berichtet hatte.

„Ein Loch das schwarz ist, aber ich erzähl euch ein anderes mal davon. Wo finde ich denn diesen versteckten Wasserplaneten?", fragte Eduard.

„Keine Ahnung, wir können uns nicht mehr daran erinnern", sagten die Elefant kleinlaut und voller Scham.

Eduard kam eine Idee: Ein Wasserbär. Wasserbären können – ähnlich wie Wünschelruten – überall Wasser aufspüren. Daher auch der Name für die Wasserbären, der leider bis heute von vielen immer wieder mit dem Namen ‚Wünschelrute' durcheinander gebracht wird. Es sei jedoch an dieser Stelle ausdrücklich betont, dass das Universum an diesen so ähnlich klingenden und daher leicht verwechselbaren Namen gänzlich unschuldig ist. Das Universum hatte beiden nämlich völlig unterschiedliche Namen gegeben: Den Wünschelruten hatte es den Namen Gebirgsbachkikerikie und den Wasserbären den Namen Hinkelfurz gegeben.

Doch eines Tages hatten sich alle Gebirgsbachkikerikies zu einer Tagung getroffen und beschlossen, dass sie ab sofort Wünschelruten heißen wollten. Dagegen hatte das Universum natürlich protestiert. Und noch viel stärker hatten die Hinkelfürze protestiert, da sie der Meinung waren, dass der neue Name Wünschelruten gegen die guten Sitten verstoßen würde. Doch die Wünschelruten ließen sich nicht beirren und setzten ihren neuen Namen durch.

Aus purem Trotz bestanden dann die Hinkelfürze ebenfalls auf einen neuen Namen und nannten sich ab sofort Wasserbären – mit der profanen Begründung, sie sähen wie Bären aus und könnten Wasser finden.

Das Universum regte sich fürchterlich darüber auf, dass die Gebirgsbachkikerikies und die Hinkelfürze glaubten, sich einfach neue Namen geben zu können. Doch dann überlegte es sich, dass ein Universum, in dem sich die Lebewesen selbst neue Namen zulegten, doch grandios sei. Und so war es mal wieder unheimlich stolz auf sich und gestattete die neuen Namen. Was war es doch für ein Universum! War es nicht genial? War es nicht farbenfroh? War es nicht schillernd?

Eduard diktierte „zum nächsten Wasserbären" in das Mikrofon des Kommunikationscomputers seines interstellaren Viersitzers und wurde prompt zum nächsten Wasserbären gebracht. Eduard fand schon, dass Weltraumflüge in der neuen Welt deutlich einfacher als in der alten Welt durchzuführen waren.

Doch der Wasserbär musste Eduard enttäuschen: „Nein, einen Wasserplaneten in einer Galaxie kann ich nicht finden. Ich kann Wasser *auf* einem Planeten finden, und wenn es noch so tief in der Erde oder in Felsen steckt. Aber im Weltall ist das nicht möglich."

„Wie ärgerlich", meinte Eduard enttäuscht, „der Dieb ist garantiert auf diesem versteckten Wasserplaneten"

„So? Warum sollte er denn gerade dort sein."

„Na ja, weil ...", überlegte Eduard, „vielleicht, weil er sich dort gut verstecken kann."

„Weißt du überhaupt, wie man einen Dieb fängt", fragte der Wasserbär zweifelnd.

„Nun", meinte Eduard, „ich dachte, ich reise so durch das Universum und werde dann schon irgendwann auf ihn treffen." Und dann fügte er noch schnell hinzu: „Wie man durch das

Universum reist weiß ich genau. Ich bin der Berichterstatter des Universums, da muss man schon reisen können!"

„Na ja, das kann dann aber lange dauern, bis du auf den Dieb triffst. Um einen Dieb schnell zu fangen, muss man ihn richtig aufspüren."

„Aha – und wie geht das?"

„Keine Ahnung, ich weiß nur wie man Wasser aufspürt. Aber es gibt Bücher. Bücher die beschreiben, wie man Diebe sucht und fängt."

„In Büchern steht so etwas?", fragte Eduard staunend.

„Ja, sicherlich. Am besten du gehst zur Bibliothek auf Nebenthal. Das ist die größte Bibliothek im Universum. Die haben jedes Buch – über jedes Thema. Da wirst du bestimmt fündig."

Da Eduard keine bessere Idee hatte beschloss er dem Rat des Wasserbären zu folgen. Da könnte er zum Beispiel auch nachschauen, ob es ein Buch über das Nichts gab. Nur so um zu prüfen, ob die wirklich zu jedem Thema Bücher haben.

Und vielleicht war ja sogar auch der Dieb in der Bibliothek auf Nebenthal. Um nachzulesen, wie man sich als Dieb verhält. Zum Beispiel, wohin man am besten flüchtet. Oder wo man die Bücher versteckt, die verraten, wie man einen Dieb fängt. Oder was ein Dieb als nächstes stehlen sollte, nachdem er eine Erfindung und ein schwarzes Loch gestohlen hat.

Das war eine gute Idee, dachte sich Eduard, denn wenn das in den Büchern steht, dann wüßte auch er, was der Dieb als nächstes lesen und was als nächstes stehlen würde. Und wenn dann auch noch in den Büchern stehen würde, *wo* der Dieb dieses nächste Ding am besten stehlen würde, dann würde er einfach dorthin fahren, auf den Dieb warten und ihn gefangen nehmen. Je mehr Eduard darüber nachdachte, desto sicherer wurde er, dass es eine geniale Idee war, zur Bibliothek auf Nebentahl zu gehen. Also verabschiedete er sich von dem Wasserbären und machte sich auf den Weg nach Nebenthal.

7. Kapitel

Die Bibliothek von Nebentahl

Es begab sich zur Zeit des intergalaktischen Schwachsinns – ungefähr drei Jahrzehnte bevor Eduard zur Bibliothek auf

Nebenthal aufbrach – da sich das Universum einer seltsamen Eigenart und Laune ergriffen fühlte, wie es sich eigentlich für ein Universum nicht gehört. Man möchte doch meinen, dass irgendwann einmal eine Zeit der Reife kommen müsste, eine Zeit der Weisheit, oder doch wenigstens eine Zeit der Vernunft. Aber sie kam nicht, jedenfalls nicht zur Zeit des intergalaktischen Schwachsinns. Denn zu dieser Zeit war das Universum recht eigen und ließ Unmengen an blöden Wesen hervorsprudeln, und zwar auf dem Fixstern Josua.

Dass Josua ein fixer Stern ist, entspricht nicht ganz der Wahrheit, sondern war nur eine weitere fixe Idee des Universums; in Wirklichkeit zählt Josua bis heute zu den langsamsten Sternen überhaupt und ist im Guinness Buch der universalen Weltrekorde auf Seite 4217 unter dem Stichwort „'A' wie Hinterteil langsam" aufgeführt.

Josua ist übrigens eine Sonne und damit heiß. Sehr heiß sogar. Zu heiß für die blöden Wesen aus der Zeit des intergalaktischen Schwachsinns. Und weil es dort so unendlich heiß war, beschlossen die blöden Wesen, auf den nahen Planeten Nyszukratschiv umzusiedeln. Natürlich waren sie nicht in der Lage, diesen Namen auszusprechen, und so tauften sie den Planeten Nebentahl. Eigentlich meinten sie Nebensächlich, aber aus irgendeiner Dummheit heraus tauften sie den Planeten Nebentahl. Seitdem werden die blöden Wesen aus der Zeit des intergalaktischen Schwachsinns auf dem Planeten Nyszukratschiv Nebenthaler genannt.

Die Nebenthaler waren die ersten Wesen des Universums, die ernsthaft versuchten, mit den Augen zu Essen. Innerhalb weniger Tage starb an den Folgen dieses Versuchs die Hälfte ihrer Bevölkerung, und weitere derartige Versuche wurden eingestellt. Die Erinnerung an diese Zeit hatte bei den Medizinern der Nebenthaler panische Ängste hinterlassen, und seit dieser Zeit wurden alle Neugeborenen der Nebenthaler gegen Augenmuskelverkrampfung geimpft. Die Nebenthaler hatten auch versucht, diese Impfung als Pflichtimpfung im gesamten Universum einzuführen. Aber das Universum hatte diese Pflichtimpfung mit der Begründung abgelehnt, es sei kein Universum, sondern eine Welt. Eine sehr einleuchtende Begründung, wie die Nebenthaler fanden.

Zwischenzeitlich hatten die Nebenthaler ihre Ernährung umgestellt und versuchten wieder mit dem Mund zu essen. Zunächst ernährten sie sich ausschließlich von Pommes frites, bis eines Tages ein Handelsreisender vorbei kam und den Nebenthalern riet, auf etwas wertvollere Kost umzusteigen. Von da an verspeisten die Nebenthaler ihr Geld. Der positive Effekt war, dass sich die Nebenthaler in dieser Zeit so reich wie noch nie zuvor fühlten. Der nicht so ganz positive Effekt war, dass es nach wenigen Wochen kein Geld mehr gab und den Nebenthalern zu allem Überdruss auch noch die Zähne ausfielen. Um der Krise Herr zu werden, wurden als neues Zahlungsmittel Bücher eingeführt, die die zahnlosen Nebenthaler gottlob nicht essen konnten. Und so geschah es, dass die Bank von Nebenthal binnen weniger Jahre gigantische Bestände des neuen Zahlungsmittels angehäuft hatte und so zur größten Bibliothek des gesamten Universums wurde.

Nachdem wir uns in den ersten Kapiteln recht ausgiebig mit naturwissenschaftlichen Themen befasst haben, soll an dieser Stelle kurz auf die psychoanalytische Grundlage von Bibliotheken eingegangen werden. Dies erscheint auch daher angezeigt, da sich erfahrungsgemäß nur sehr wenige Menschen mit dieser Thematik befassen.

Im Prinzip sind Bibliotheken nichts anderes als Krankenhäuser, die nur einen einzigen Zweck verfolgen, nämlich den psychosomatischen Schwerpunkt der Patienten vom Sprechen auf das Lesen zu verschieben. Nicht umsonst heißt es im Volksmund: Reden ist Silber, Lesen ist Gold. Auf Grund der praktizierten Methodik sollte man allerdings besser von den Inhaftierten und nicht von den Patienten sprechen.

Natürlich werden nicht x-beliebige Personen inhaftiert. Bei den Patienten handelt es sich vielmehr um solche, die von einem apokalyptischen Mitteilungszwang geplagt sind. Dies äußert sich zumeist darin, dass man Alles und Jedes erzählen muss, selbst wenn es mit dem eigentlichen Thema, das man gerade bespricht (beispielsweise einer spannenden Detektivgeschichte), absolut gar nichts zu tun hat. Statt dessen redet man sich immer tiefer und weiter in immer neue Themen hinein. Vom Hölzchen aufs Stöckchen, wie der Volksmund sagt. Dabei hat dies weder etwas mit Holz noch mit Stöcken zu tun. Und auch nichts mit Hölzchen oder Stöckchen. Und darüber hinaus stellt sich sowieso die

Frage, was sich der Volksmund da überhaupt einzumischen hat. Es gibt Gesellschaftswissenschaftler die die These vertreten, dass sich der Volksmund sowieso viel zu häufig einmischt, und dass dies zu neuen, schweren Volkskrankheiten führen kann. Beispielsweise der Holz-auf-Stock Krankheit, wie das Leiden von den Medizinern genannt wird.

Doch zurück zum apokalyptischen Mitteilungszwang: Man mag sich möglicherweise nur schwer vorstellen können, dass es tatsächlich Personen gibt, die an diesem Leiden erkrankt sind, aber es gibt mittlerweile etliche internationale klinische Studien, die die Existenz dieser Krankheit belegen. Vorzüglich solche Patienten also – wenn auch nicht ausschließlich – werden in einer Bibliothek inhaftiert.

Nun befindet man sich also in dieser psychischen Folterkammer, in der man, sobald man auch nur einen einzigen Laut von sich gegeben hat, sofort an einen Stuhl gefesselt sowie geknebelt wird. Gibt man keinen Laut von sich, so wird man zunächst nicht gefesselt und geknebelt. Steht man jedoch auf und legt mehr als zwanzig Schritte zurück, ohne mindestens drei Bücher in den Händen zu haben und gleichzeitig ein bestimmtes Regal als wohldefiniertes Ziel anzustreben, dann wird man sogleich auf einen Stuhl gefesselt und der Tisch vor einem solange mit Büchern beladen, bis er zu stöhnen anfängt. Stöhnt man mit, so wird man geknebelt.

Personen des anderen Geschlechts gelten natürlich nicht als Regal und somit auch nicht als Grund aufzustehen und zu ihnen zu gehen. Selbst dann nicht, wenn man mehr als drei Bücher in der Hand hat oder nur fragen will, in welchem Regal sich ein interessantes Buch befinden möge. Steuert man dennoch eine Person des anderen Geschlechts an, so wird man gefesselt. Hat man die Person auch noch angesprochen, so wird man zusätzlich geknebelt.

Um nicht zölibatär zugrunde zu gehen, empfiehlt es sich daher gleich zu Beginn, wenn man in die Bibliothek eingewiesen wird, einen Platz an einem Tisch auszuwählen, an dem eine Person des anderen Geschlechts sitzt. Ein späterer Platzwechsel ist nämlich strengstens verboten! Setzt man sich über dieses Verbot hinweg, wird man gefesselt. Wenn man dagegen protestiert, wird man sogar noch geknebelt!

Meistens muss man zu dem Tisch, an dem eine Person des

anderen Geschlechts sitzt, einen relativ langen Weg zurücklegen, vielleicht doppelt so weit wie zum ersten freien Tisch, vielleicht sogar noch weiter. Dem Bibliothek-Aufseher gegenüber muss man nun begründen, warum man diesen weiten Weg gehen will, anstatt sich gleich auf dem ersten freien Platz niederzulassen. Die Erfahrung hat gezeigt, dass es sich empfiehlt, die Zugluft bei der Eingangstür, die man nicht verträgt, als Grund anzuführen. Kann man keinen Grund angeben, wird man gefesselt. Ringt man nach einer Begründung, so wird man zusätzlich noch geknebelt.

Sind keine Personen des anderen Geschlechts inhaftiert, so reicht zur Not auch die Gesellschaft einer Person des gleichen Geschlechts. Auf keinen Fall sollte man sich aber alleine an einen Tisch setzen, es sei denn man versteht es, in höheren Sphären mit den Tischen zu kommunizieren.

Da das Sprechen verboten ist und die meisten der Inhaftierten keine Zeichensprache beherrschen, hat sich bei den Bibliotheks-Gefangenen recht schnell die Kommunikation mittels Texttabellen etabliert. Dazu begibt man sich zu einem der Bücherregale und greift blindlings eine der gebundenen Massen Altpapier aus dem Regal heraus. Diese trägt man zu seinem Tisch zurück, schlägt die Seite 3142 auf und zeigt seinem Gegenüber mit den Fingern an, das wievielte Wort auf dieser Seite man gerne sagen würde. Bevor man jedoch dazu kommt, stellt man mit Schrecken fest, dass das Altpapier vor einem gar keine 3142 Seiten hat. Also eilt man zurück zu den Regalen, stellt das alte Altpapier ins Regal und greift sich eine neue Handvoll Altpapier heraus, die man erwartungsvoll an seinen Tisch zurückträgt. Am Tisch angelangt stellt man dann mit wachsendem Entsetzen fest, dass auch das neue Altpapier keine 3142 Seiten hat, und man eilt erregt zum Regal zurück, um das neue Altpapier durch noch neueres Altpapier zu ersetzen.

Das Ganze setzt sich dann solange fort, bis man schließlich an den Stuhl gefesselt wird und der Tisch vor einem mit Büchern überhäuft wird, so dass er unter der Last laut aufstöhnt. Intelligent ist, wer nicht mitstöhnt! Geknebelt ist, wer mitgestöhnt hat.

Aus dieser Masse vor einem liegender Bücher greift man dann eines heraus und verkündet laut, dass man geläutert ist und dieses Buch ohne jegliches Plappern lesen will. Mit diesem Buch in der Hand kann man dann die Bibliothek wieder verlassen. Mutige Patienten ergreifen dabei ein sehr dünnes Buch und ertragen den eiskalten, hasserfüllten Blick der Bibliothekarin am Ausgang. Patienten mit weniger starken Nerven wird geraten, ein möglichst dickes Buch zu ergreifen, denn dies wird am Ausgang von der Bibliothekarin mit einem warmen Lächeln belohnt. Ob man durch diese bibliothekarische Therapie jedoch tatsächlich von der Plapperkrankheit, wie sie zuweilen auch genannt wird, geheilt wird, ist bislang noch nicht erwiesen.

Ungeachtet der letzten Fragestellung ist die Bibliothek von Nebenthal bis heute die größte im ganzen Universum. So gibt es tatsächlich nirgendwo im Universum ein Buch, von dem nicht auch ein Exemplar in der Bibliothek von Nebenthal verfügbar ist. Kritiker und Kleingeister entgegnen darauf häufig, dass andererseits auch die Bibliothek von Nebenthal nicht von jedem Buch, das je geschrieben worden ist, ein Exemplar hat. Die Befürworter erwidern auf diese durchaus berechtigte Kritik üblicherweise, dass dies eine Kontradiktion wäre, worauf die Kritiker und Kleingeister achselzuckend „Na und?" fragen. Weil sie nämlich nicht wissen, was eine Kontradiktion ist.

Als Übungsaufgabe lösen Sie, lieber Leser, nun bitte folgende Aufgabe: Haben die Befürworter der Bibliothek von Nebenthal recht, wenn sie behaupten, dass es sich bei der Aussage und der Gegenaussage um eine Kontradiktion handelt? Die Lösung finden Sie in einem der folgenden Kapitel.

Die Nebenthaler bekamen die Diskussion über die Verfügbarkeit von Büchern in der Bibliothek und die Frage der Kontradiktion nicht mehr mit. Wenige Jahre bevor Eduard auf den Planeten Nebenthal kam, hatten sie sich nämlich dazu entschieden, dass man eigentlich mit den Ohren essen könnte. An den Folgen dieses genialen Einfalls starb die verbliebene Hälfte der Nebenthaler, wobei sie der Ansicht waren, dass der Tod durch Taubheit herbeigeführt wird.

Das heißt, es starben alle Nebenthaler bis auf einen, nämlich den Suppenkasper, der immer nur sagte: „Ich will meine Suppe nicht hören!"

Als Eduard auf Nebenthal ankam und die Bibliothek betrat, wurde er freundlich vom Suppenkasper begrüßt, der mittlerweile als Bibliotheksgehilfe eingestellt worden war.

„Ich suche nach einem Buch das beschreibt, wie man Diebe

fängt", sagte Eduard zum Suppenkasper, unwissend, dass er den letzten Nebenthaler vor sich hatte.

„Nun, es gibt viele Bücher", antwortete der Suppenkasper und fügte noch schnell hinzu „und es gibt auch viele Suppen!" Nur weil die Zeit des intergalaktischen Schwachsinns vorbei war hieß das noch lange nicht, dass der letzte verbliebene Nebenthaler nicht mehr schwachsinnig war.

„Können Sie mir denn sagen, wo ich ein Buch über das Verfolgen und Fangen von Dieben finde?", fragte Eduard.

„Ich kann Ihnen alles sagen, Sie müssen mir nur sagen, was Sie hören wollen", erwiderte der Suppenkasper.

„Bitte sagen Sie mir", probierte es Eduard noch einmal, „welches Buch ich lesen muss, damit ich weiß, wie man einen Dieb fängt."

„Ja, das haben wir" sagte der Suppenkasper und bat Eduard, ihm zu folgen. Sie durchquerten die große Eingangshalle, aus der es durch viele riesige Türen in die verschiedenen Säle der Bibliothek ging. Der Suppenkasper führte Eduard gezielt durch eine dieser Türen und sie gelangten in einen schätzungsweise 100 Meter breiten und 20 Meter hohen Saal. Vorne standen Dutzende von Tischen, an denen vereinzelt Personen und andere Lebewesen saßen. Dahinter folgten die Regale mit den Büchern. Die Regale standen derart verwinkelt, dass man nicht sehen konnte, wie tief der Saal war. Die Regale stapelten sich bis zur Decke und überall schwebten kleine Trittleitern herum, mit denen man in jede Höhe schweben konnte, um auch an die Bücher in den oberen Regalen gelangen zu können.

„Hier lang" sagte der Suppenkasper freundlich und steuerte auf eine Zweimann-Trittleiter zwischen den Regalen zu. Diese betraten die beiden und schwebten zur Decke, in der sich eine große Tür auftat, durch die sie in den darüberliegenden Lesesaal gelangten.

„Es gibt viele Bücher" strahlte der Suppenkasper, während er die Trittleiter abbremste und dann in horizontaler Richtung über den Boden entlang schweben ließ. Sie schwebten an den marmornen Regalen dieses Saals vorbei und verließen ihn schließlich durch eine Tür, durch die sie in einen dritten Saal gelangten.

„Und es gibt viele Säle" kommentierte der Suppenkasper.

Eduard bemerkte, dass über jeder Tür eines Saals auf einem Schild stand, welche Art von Büchern dort zu finden waren. Sie durchquerten ‚Botanik‘, ‚Mathematik‘, ‚Bonsai‘, ‚Drachentöter‘, ‚Chinesische Kochkunst‘, ‚Wolkenkunde‘, ‚Flug zum Mond und noch weiter‘, ‚Sprachen‘, ‚Reisen‘, ‚Bibliotheken‘, und, und, und. Über der Tür zu einem winzigen, leeren Kämmerchen, an dem sie vorbei schwebten, stand sogar ‚Nichts‘.

„Die hier sind nichts“ stellte der Suppenkasper fest, als sie den Saal ‚Kriminalistik‘ durchquerten. „Viel zu kompliziert!“

Eduard wurde müde, setzte sich auf den Boden der Zwei-mann-Trittleiter und schlief ein. Bis er vom Suppenkasper geweckt wurde. Sie schwebten in einem weiteren riesigen Saal in ca. 5 Meter Höhe direkt vor einem Regal.

„Nun, es gibt viele Bücher“ stellte der Suppenkasper bedeu-tungsvoll fest. „Auch darüber, wie man Verbrecher fängt. Der ganze Saal hier ist voll mit solchen Büchern. Ich würde dieses hier empfehlen.“ Der Suppenkasper nahm ein sehr dünnes Büchlein heraus, streichelte es zärtlich und reichte es dann Eduard.

Inspektor Schmitt klärt einen Mordfall auf

las Eduard laut. „Ziemlich dünn!“

„Ziemlich schnell gelernt“ strahlte der Suppenkasper.

„Ich suche aber keinen Mörder. Ich suche einen Dieb.“

„Wer weiß, wie man einen Mordfall aufklärt, der weiß auch, wie man einen Diebstahl aufklärt.“

Das hörte sich logisch an, selbst wenn es aus dem Mund eines Nebenthalers kam. Und noch viel mehr wenn man gar nicht wusste, dass der Mund einem Nebenthaler gehörte.

Der Suppenkasper steuerte die Zweimann-Trittleiter zurück zum Boden und stieg ab.

„Bitte hier entlang, hier geht es raus“, strahlte der Suppenkas-per und führte Eduard an den Lesetischen vorbei zu einer Tür, über der ‚Eingangshalle‘ stand. Sie durchquerten die Tür, standen unversehens auf einer weiteren Zweimann-Trittleiter und schwebten hinunter auf den Boden. Eduard blickte sich um und erkannte, dass sie sich wieder in der Eingangshalle befanden. Und wie er erst jetzt bemerkte stand auch hier über jeder Tür, zu welchem Saal sie führte.

„Warum sind wir nicht direkt ...“, wollte Eduard fragen, wurde aber vom Suppenkasper unterbrochen.

„Der Ausgang ist dort drüber“, jubelte er.

„Ah", sagte Eduard und ließ den Mund offen stehen.

„Und immer daran denken. Nicht mit der Nase essen!", sagte der Suppenkasper sehr ernst und deutete auf das dünne Buch in Eduards Händen. Eduard begab sich zum Ausgang, wo er das Buch zur Ausleihe registrieren ließ. Die Bibliothekarin schaute zunächst das Buch und dann Eduard missmutig an, während sie Eduards Daten in den Computer tippte.

„Ich möchte möglichst schnell lernen, wie man Diebe fängt", sagte Eduard zu der Bibliothekarin, worauf diese ihn noch missmutiger ansah.

An der frischen Luft angekommen, steuerte Eduard ein Café an, bestellte einen Tardesco (nach Espresso war ihm nicht zu mute) und begann in Ruhe das gerade eben ausgeliehene Buch zu lesen.

8. Kapitel

Inspektor Schmitt klärt einen Mordfall auf

Tchuranikov war ein begeisterter Radfahrer und ein noch begeisterterer Autofahrer, als er im Tank seines BWM erschossen wurde. Er hatte offensichtlich nach seinem Wagenheber gesucht, um einen Motorwechsel zu machen, denn auf seinem Gesicht war noch immer der Wo-ist-das-verdammte-Ding Ausdruck.

Als Tchuranikov den Knall des Schusses gehört hatte, hatte er sich schockiert aufgerichtet, dabei den Kopf an der Verengung des Benzineinfüllstutzen gestoßen und war dann zurück in den Tank getaumelt, wo er den Querschlägern der Kugeln nicht mehr ausweichen konnte. Die Kugeln durchbohrten zunächst ihn und dann seine Schnürsenkel, um sich dann in der Auspuffpfanne zu verlieren.

Mit der Aufklärung des Falles wurde Inspektor Schmidt beauftragt. Inspektor Schmidth war ein begeisterter Hobby-Automechaniker und damit ohne Zweifel der richtige Mann für diesen Fall. So entdeckte er auch sogleich, dass Tchuranikov mit dem Motorwechsel ungefähr das vorgehabt hatte, was man als hinreichend schwachsinnig bezeichnen könnte. Denn zum einen lief der Motor noch einwandfrei und zum anderen war sowieso kein Reservemotor im Kofferraum vorhanden gewesen. Der Wagenheber war übrigens auch nicht mehr vorhanden. Des

Weiteren war die letzte Wartung am Wagen fristgerecht durchgeführt worden und der Benzinverbrauch mit 6,8 Liter erstaunlich niedrig; dafür enthielten die Abgase einen unzulässig hohen Bleigehalt.

Inspektor Schmith startete seine Inspektion mit der Überprüfung des Hubraums des Wagens (mein Gott, wie der hupen konnte) und beendete sie mit der Überprüfung der Reifenprofile. Da die Reifen ziemlich abgefahren waren – genauer gesagt: ziemlich zuviel abgefahren – stellte er sogleich einen Strafzettel aus, den er später in Tchuranikovs Brieftasche wiederfand.

Danach inspizierte er auch den Leichnam und hielt für die Pressemitteilung die Todesursache erst einmal auf Tod durch Herzstillstand fest; eine Aussage, die sich, das wusste er aus seiner langjährigen Berufserfahrung, immer noch problemlos modifizieren ließ.

Nachdem er dann alle verwertbaren Gegenstände des Verstorbenen eingesackt hatte, ließ er den Wagen zum Parkplatz des Polizeireviers abschleppen, weil man ihn dort leichter überwachen konnte. Nur für den Fall, dass der Täter tatsächlich an den Ort seiner Tat zurückkehren sollte. Schmitt glaubte allerdings nicht daran, denn bisher war es immer so gewesen. Es musste doch endlich mal einen Fall geben, der richtig schwierig zu lösen war und in dem der Täter nicht einfach an den Ort seiner Tat zurückkehren würde. Er nahm sich vor, jeden, der sich dem BWM nähern würde, zu ignorieren.

Als nächstes durchsuchte Inspektor Schmid die persönlichen Wertsachen von Tchuranikov. Da das Meiste verwertbar gewesen war (und deshalb in Schmitts Besitz übergegangen war) war nicht viel übriggeblieben. Schmidt hasste korrupte Beamten. Und er hasste simple Namen. Ja, Tchuranikov – das war mal ein Name! T C H U R A N I K O V. Oder Trituffo, der war auch nicht übel. Aber Tchuranikov war besser. Schade um den Kerl, hatte wirklich 'nen tollen Namen. Gehabt! Langsam drehte Schmit den Personalausweis von Tchuranikov in seinen Händen. Albert Tchuranikov. Als zweiten Vornamen hätte Schmidt Albern gewählt: Albert Albern Tchuranikov – was für ein Name!

Am besten würde er den Personalausweis von Tchuranikov in die Verbrecherkartei bringen, überlegte sich Schmidth. Sein Name klang zwar nicht wie der eines Verbrechers, aber sein Gesicht! Oh, dieses Gesicht! Es war das Gesicht, das so grauenhaft war. Schmidh hatte schon dreimal erbrechen müssen. Nichts wie weg in die ~~Erbrecher~~Verbrecherkartei mit dem Ausweis. Den Namen könnte man ja zur Not ändern. Schmidtd war ein begeisterter Namensänderer. Und sollten sich doch die von der Verbrecherkartei mit dem Bild herumschlagen.

Als nächstes befasste sich Schmidth mit dem restlichen Inhalt der Brieftasche des Verstorbenen. Da war ein noch ungelesener Brief. Da er an Tchuranikov adressiert war und dieser in wohl kaum mehr lesen würde, schmiss Schmitt ihn gleich weg – was weg war, war weg, und was weg war, das war erledigt. Das war seine Devise, und es war eine gute Devise. Weiterhin fand er einen Strafzettel wegen zu geringem Reifenprofils (aha, man hatte es also mit einem Verkehrssünder zu tun; na ja, das Bußgeld ließe sich sicherlich von den Hinterbliebenen eintreiben), ein Kamm (war Tchuranikov etwa ein Snob gewesen?), ein Föhn (er war einer gewesen!) und ein Bild eines betagten Hürdenläufers (Edwin Jesus oder so ähnlich).

Inzwischen war der Obduktionsbefund hereingerieselt. Nachdem Schmitth ihn zusammengeklebt hatte, las er ihn. Er besagte:

> *Das Opfer wurde von zwei Querschlägern getroffen. Die rechte Kugel durchbohrte die dorsale Lungenaterie sowie die Aorta und hinterließ eine dupuytrensche Kontraktur, während die linke Kugel den rechten Lungenflügel unterhalb der Mitte durchbohrte. Beide Kugeln verließen den Körper im Brustbereich.*

Also von hinten erschossen! Und Tod durch Herzstillstand! Schmitt war begeistert von seinen beruflichen Qualitäten. Konnte es einen besseren Inspektor geben?

Nachdem Schmithd seine Sekretärin aus dem Fenster geworfen hatte (die würde nicht mehr so leichtfertig ‚ja‘ sagen) entschloss er sich, die Hinterbliebenen von Tchuranikov aufzusuchen. Hinterbliebene von Opfern aufsuchen erinnerte Schmittd immer an Ostern, obwohl er nicht genau wusste warum. „Auf, geh' mal suchen", drangen zärtlich die Worte seiner Mutter in den Teil seines Gehirns, der begeistert behauptete, er sei für die Erinnerung zuständig.

Als Erstes suchte Schmmitt Frau Gritallien auf. Sie war die entfernteste Verwandte von Tchuranikov, und da Schmidt nicht im entferntesten daran dachte, dass sie ihm helfen könnte, suchte er sie zuerst auf. Das Unmögliche zuerst – das war seine Devise.

Frau Gritallien war eine recht betagte Dame, war gut gekleidet, hatte ein scharfes Erinnerungs- und ein noch schärferes Kombinationsvermögen und war, wie sie von sich selbst behauptete, eine begeisterte Bridge Spielerin.

„Spielen Sie Bridge?", fragte sie Schmittt, als dieser vor ihrer Haustür stand und geläutet hatte. Frau Gritallien öffnete ihm die Tür und bat ihn herein.

„Guten Tag", so ungefähr sprach Schmid, „ich bin Inspektor Schmitd ...""

„Ach, Sie kommen gar nicht zum Bridge spielen?"

„Äh, nein! Wie kommen Sie darauf?"

„Wie komme ich auf was?"

„Dürfte ich jetzt zum Thema kommen?"

„Ach kommen Sie, doch erst 'mal rein."

„Sie haben das Komma falsch gesetzt."

„Ja, wie kommen Sie denn mir?"

„Zu Fuß - äh, ich meine bis zum Parkplatz mit dem Dienstwagen; von dort bis zu Ihrem Haus zu Fuß."

Es entstand eine kleine Pause peinlichen Schweigens, die Frau Gritallien zum Tee kochen nutzte. Danach buk sie noch einen Kuchen, worauf noch fünfzehn Minuten vergingen, die Schmidt dazu nützte, unschlüssig im Wohnzimmer herumzusitzen. Als auch diese vorbei waren entschloss sich Schmidhd lieber nochmals sieben Minuten zu warten und sie aßen derweil Kuchen und tranken Orangensaft. Schließlich kam Schmit zum Thema:

„Der Kuchen schmeckt hervorragend!"

„Ihr Saft aber auch", erwiderte Frau Gritallien.

„Den habe ich aus Ihrem Kühlschrank geholt", erläuterte Schmied.

„Ich habe einen Kühlschrank?", murmelte Frau Gritallien in sich versunken.

„Kennen Sie einen Herrn Tchuranikov?", fragte Schmitt scharf, worauf Frau Gritallien merklich nervös zusammenzuckte. Inspektor Schmitd wusste, dass er sie jetzt dort hatte, wo er sie haben wollte. In Ihrem Wohnzimmer.

„Ich habe hier einen Strafzettel von Herrn Tchuranikov", fuhr Schmittt bissig fort, „und da Herr Tchuranikov gestorben ist, muss ich das Bußgeld von den Hinterbliebenen eintreiben!"

„Ja, hat denn seine Frau kein Geld?"

„Nein. Das heißt, ich weiß es nicht. Ich weiß auch gar nicht wo sie wohnt", erwiderte Schmied verblüfft.

„War denn Tchuranikov überhaupt verheiratet? Ich denke, er hatte gar keine Kinder. Wissen Sie, was aus denen geworden ist?",

Schmmit holte tief Atem; das konnte ja heiter werden. Er ging in die Küche, holte den Tee und servierte ihn, was offensichtlich half, denn plötzlich fing Frau Gritallien an, wie eine Quelle zu sprudeln:

„Den guten alten Tchuranikov hat's also erwischt? Armer Kerl. Na, dass heißt, eigentlich war er ja gar nicht so arm – äh, so alt. Zweiunddreißig um genau zu sein. Na, und das ist ja kein Alter, oder? Zweiundsechzig, das ist ein Alter!

Ich bin übrigens achtundsiebzig. Woran ist er denn gestorben? Was waren Sie doch gleich? Inspektor? Sie fragen sich jetzt sicherlich, ob Tchuranikov Selbstmord begangen hat, nicht wahr?"

Schmitthd fragte es sich nicht.

„Also, das kann ich Ihnen sagen", fuhr Frau Gritallien fort, „er hat sich nicht selbst umgebracht. Nun werden Sie sich fragen, wer hat es dann getan. Oder ist er eines natürlichen Todes gestorben? Spielen Sie eigentlich Bridge? Nein? Schade! Ich spiele. Wussten Sie das? Auch nicht? Auch schade! Also, werden Sie sich jetzt fragen, hatte er Feinde. Und ich werde Ihnen antworten – wo war ich stehengeblieben?"

Schmit seufzte und fragte: „Hatte er Feinde?"

„Na und ob, das können Sie mir glauben! Da war Astrin ..."

Jetzt ging es also los; Schmmit zückte seinen Notizblock.

„..., Astrin war seine Frau, die sagte immer ..."

„Achten Sie auf Ihre Kommata", warf Schmitt ein.

„... richtig – dass heißt nein, das sagte sie nicht! Sie sagte immer, wollen Sie eigentlich noch ein Stück Kuchen? Nein? Also sie sagte immer: ,Astran', so hieß Tchuranikov mit zweitem Vornamen ..."

„Ich dachte, sein zweiter Vorname war Albern?"

„... nein, das war sein dritter. Also sagte Astrin: ,Astran, du hast zu viele Vornamen' – äh, nein – ,Feinde'. Ja, sie sagte Feinde. Das hat sie zu ihrem Mann gesagt. Da war zum Beispiel Mathilde, die sagte, ja was sagte sie denn? Ich glaube sie sagte das Selbe. Oder das Gleiche? Ich weiß es nicht mehr. Auf jeden Fall war da der Gärtner, Herr Ganter, der war so komisch, obwohl er ein Freund der Familie war; und weil er das war, also so komisch, nicht ein Freund der Familie, deshalb also nahm er sich auch hin und wieder die Freiheit heraus, Herrn Tchuranikov Dinge ins Gesicht zu sagen, die ein Gärtner oder sonst ein Angestellter eigentlich nicht sagen sollte. So sagte er ihm zum Beispiel jeden Morgen, wie warm es sei. Ja, und er sagte ihm auch, das sagte er ihm: ‚Herr Tchuranikov, sie haben zu viele Feinde!' Ja, so sagte er es ..."

„Wollen Sie mir nicht lieber von seinen Feinden erzählen, anstatt von seinen Freunden, die ihn vor seinen Feinden warnten?", unterbrach Schmidd. Auf seinem Notizblock standen in der Spalte ‚Feinde' schon sechs Namen, die er alle wieder durchgestrichen hatte: Astrin, Astran, Albern, Mathilde, Gärtner und Ganter.

„Richtig! Das sollte ich wollen. Aber wollte ich das denn auch? Nun, es ist Ihr Vorschlag und er gefällt mir. Wie der Kuchen. Wie lautete er doch gleich? – Hatte ich Ihnen eigentlich schon gesagt, wie groß das Anwesen war, auf dem Tchuranikov mit seiner Frau lebte? Ich meine, er hatte nicht nur einen Gärtner angestellt, nein! Auch im Haus arbeiteten mehrere Angestellte. Da war der Koch, Herr Trochiti, und die Köchin, Frau Hafter; die waren beide so komisch. Ich meine, sie mussten nicht unbedingt seine Feinde gewesen sein, aber sie waren komisch. Allein schon, weil sie mich immer anriefen und mir versteckte Fragen über Herrn Tchuranikov stellten ..."

„Zum Beispiel?", fragte Schmmid.

„Genau!", überlegte Frau Gritallien und Schmidt jammerte stumm vor sich hin.

„Sie riefen mich immer wieder an", fuhr sie fort, „unterhielten sich sehr freundlich mit mir und stellten versteckte Fragen. Über Tchuranikov. Und über den Freund von dem Gärtner, Herr Pekkins, der mit dem Hausmädchen TriTraTrullala befreundet war. Herr und Frau Tchuranikov riefen TriTraTrullala immer mit Josephine, das war ihr Spitzname; alle anderen benutzten ihren richtigen Namen. Und was wollte sie sagen? Nein, ich! Wollten Sie etwas sagen? Ich schenke Ihnen noch etwas Tee ein, ja?"

Schmmit nickte leidend.

„Ja. Und TriTraTrullala entdeckte in der Küche eine tote Ratte. Nichts Besonderes, werden Sie sich sagen. Ich sage es aber mir!

Denn, und das wird Ihnen auch gleich bekannt sein, die Ratte war vergiftet worden! In dem Käfig des Hamsters von Astrin, der Frau von Tchuranikov, der, also der Hamster, der also vor ungefähr acht Monaten unter mysteriösen Umständen umgekommen war. Herr Perling, der Lieferant, hatte den Hamster nämlich gleich verschwinden lassen, obwohl Astrin ausdrücklich gesagt hatte, sie wolle den Hamster neben dem Rosenbeet begraben lassen. Warum lässt man einen harmlosen Hamster verschwinden, wenn er stirbt? Das ist doch komisch, oder? Wahrscheinlich hat ihn Herr Perling in irgendeine Mülltonne von irgendeinem Nachbarn geworfen. Wollen Sie noch 'was Kuchen? Ach Sie haben ja noch. Immer noch nichts Besonderes, werden Sie sich sagen, was? Nein, nicht der Kuchen, die Sache mit dem Hamster. An sich nicht! Aber dass Herr Trochiti eine Ratte in dem Käfig von dem Hamster hält, der von Herr Perling entfernt wurde, obwohl Frau Tchuranikov ..."

„Also was war jetzt mit der Ratte?", fragte Schmitt ungeduldig.

„Welche Ratte?", erwiderte Frau Gritallien erstaunt.

„Die, die von dem Hausmädchen, das mit Herrn Pekkins, den Freund von Herrn Ganter und über den Herr Trochiti und Frau Hafter immer versteckte Fragen stellten, befreundet war, in dem Käfig des Hamsters von Frau Tchuranikov in der Küche tot aufgefunden wurde", repetierte Schmith.

„Aber das wollte ich doch gerade erzählen!", erstaunte sich Frau Gritallien. „Das war nämlich so. – Richtig, als TriTraTrullala die tote Ratte gefunden hatte, brachte sie das arme Ding, ich meine das tote Ding, zu Herrn Ganter, damit er es anstelle des Hamsters neben den Rosen begraben würde. Und Herr Ganter untersuchte die Ratte, dass heißt er ließ sie untersuchen, von seinem Freund Leon, der Herrn Pekkins meines Wissens nach aber nicht kannte; also Leon – lassen Sie mich überlegen, ich glaube er hieß Matrink mit Nachname – auf jeden Fall untersuchte er die Ratte und fand heraus, dass sie mit Zülonkali, oder wie sich das schreibt, vergiftet worden war!"

Sie machte eine bedeutungsvolle Pause.

Schmidh wartete eine bedeutungsvolle Weile lang.

„Haben Sie seine Adresse; ich meine die von Leon?", fragte er dann.

„Leon?", grübelte Frau Gritallien.

„Ja, von dem Sie meinen, dass er Matrink heißt."

„Ach Leon! Was wollen Sie von ihm?"

„Seine Adresse!", rief Schmitttt.

„Nein, die hab' ich nicht. Aber Herr Ganter hat sie natürlich."

„Passierte sonst noch Auffälliges oder Merkwürdiges auf dem Anwesen?"

„Na ja, Herr Trochiti behauptete, er hätte sich nie eine Ratte in dem Käfig des Hamsters gehalten, und Frau Hafter bestätigte das. Aber die stecken ja sowieso unter einer Decke. Ja, und Frau Hafter meinte, wahrscheinlich wäre die Ratte an einer der Rattenfalle zugrunde gegangen, die Herr Trochiti auf Bitten von Herrn Jeakens, dem Hausmeister, der aber mehr mit den vielen Autos der Tchuranikovs beschäftigt war – Herr und Frau Tchuranikov waren bzw. sind nämlich beide begeisterte Autofahrer – und Herr Jeakens, obwohl er als Hausmeister eingestellt worden war, verbrachte die meiste Zeit damit, die Autos zu waschen und wachsen und polieren und – ah, Sie wissen schon, der ganze moderne Schnickschnack, ja so war das ..."

„Äh, bitte?", unterbrach sie Schmit wieder.

„Na ja, Jeakens war eigentlich fehl am Platz; er kümmerte sich zwar auch noch ein wenig um den Weinkeller, aber dafür war ja nun Perling da, der ausgezeichnete Kontakte zu einem Winzer hatte; ich glaube der heißt Dennab!"

Hoffentlich wird es ein simpler Fall und der Täter kehrt zum Ort seiner Tat zurück, dachte Schmidd. Währenddessen plauderte Frau Gritallien munter weiter: „Ja, also James, so hieß Jeakens mit Vorname; fällt Ihnen was auf? J.J. Die Initialen von Herrn Jeakens. Lustig, oder? Also ich fand das amüsant, als man mich darauf aufmerksam gemacht hatte."

„Extrem lustig. Vielleicht hat sich Herr Tchuranikov ja zu Tode gelacht!"

„Ja, also J.J. hatte Herrn Trochiti gebeten, Rattenfallen im Keller aufzustellen, worauf dieser Frau Hafter wohl gesagt hatte, sie sollte das übernehmen, die hatte nämlich eine Bekannte, Frau Meier, die war Chemielaborantin, und dann haben die zusammen Kuchen oder so mit dem Gift, das sich so schwer schreibt, vermischt und haben das im Keller aufgestellt. Woran ist eigentlich Mr. Tchuranikov gestorben?"

„Er wurde im Tank seines BWMs erschossen, genauso wie seine Schnürsenkel."

„Die Schnürsenkel auch? Wie gemein! Weiß man wer es war?"

Schmidh schüttelte seinen Kopf.

„Na, da sollte man doch die Polizei einschalten, oder was meinen Sie? Gleich morgen werde ich sie benachrichtigen!"

Es trat eine kleine Pause ein, die aber nicht lange währte und schon legte Frau Gritallien wieder los.

„Und Herr Trochiti behauptet, dass J.J. dann die erste tote Ratte, die er im Keller gefunden hatte, hoch in die Küche gebracht hatte, und da er weder ihn noch Frau Hafter angetroffen hat, hat er die Ratte in den Käfig gelegt mit einem kurzen Schreiben von wegen, dass die Fallen funktionieren würden; das Schreiben hat Herr Trochiti später weggeworfen, nachdem er es gelesen hatte – so behauptet er es jedenfalls. Die Ratte hat er aber seltsamerweise nicht auch gleich beseitigt, die wurde ja von TriTraTrullala gefunden. Sagte ich gefunden? Ja, das sagte ich bereits.

Nun wäre es durchaus möglich, dass J.J. die Ratte mit einem Schreiben in den Käfig gelegt hatte, der ist nämlich ein bisschen daneben! J.J., nicht der Käfig. Das kann Frau Meier bestätigen, die hat ihn öfters getroffen und sagt das gleiche. Aber dass Herr Trochiti das angebliche Schreiben sofort beseitigt hat, aber nicht die Ratte, das ist doch komisch, oder? Da ist es doch glaubwürdiger, dass Herr Trochiti sich die Ratte wirklich gehalten hat und mit Giften rumexperimentiert hat. Das meint nämlich auch Frau Laempert, die Frau von Herrn ..."

„Genug, genug! Ich weiß wer der Mörder ist!", unterbrach sie Schmidt unter heftigen Stöhnen.

„Ja wirklich? Wer war es denn?", fragte Frau Gritallien erstaunt.

„Julius Cäsar. Oder Brutus. Einer von den beiden war's, das ist sicher! Nun haben Sie mal vielen Dank, Sie haben mir sehr geholfen. Auf Wiedersehen!", rief Schmidt, schüttelte Frau Gritallien heftig die Hand und flüchtete Hals über Kopf aus dem Haus bevor Frau Gritallien noch etwas sagen konnte.

Auf der Fahrt zurück zum Polizeirevier stellte Schmidd fest, dass die Das-Unmögliche-zuerst Devise schwachsinnig war. Und er stellte weiterhin begeistert fest, dass er etwas dazugelernt hatte. Und schließlich erkannte er noch unter Rufen purer Begeisterung, dass er mit Julius Cäsar oder Brutus vielleicht gar nicht so falsch lag. Ein Motiv hatten die beiden jedenfalls: Neid. Man stelle sich mal vor, was die alles mit einem hochmodernen

Wagenheber zu ihrer Zeit hätten machen können. Was für eine Vorstellung: ein Radwechsel, ohne erst diese ewig müden Sklaven antreiben zu müssen! Und Tatsache war, dass der Wagenheber weder im Auto noch in der Umgebung des Tatortes gefunden worden war.

Also beschloss Schmitd, auf die Befragung weiterer Verwandter des Verstorbenen zu verzichten und des weiteren seinen Namen abzulegen und den Namen des Opfers anzunehmen – der konnte mit dem Namen ja sowieso nichts mehr anfangen.

Inspektor Tchuranikov, das war doch was!

Im Revier angekommen leierte Tchuranikov als Erstes seine Namensänderung an und schrieb danach noch den Bericht für die Akte:

Aktenzeichen: *13037615*
Inspektor: *Tchuranikov*
Opfer: *Tchuranikov*
Obduktion: *Befund vom 12.5.*
Bericht: *Am 12.5. wurde Herr Albert Astran Albern Tchuranikov im Tank seines BWM von Julius Cäsar und Brutus (Nachnahme unbekannt) hinterrücks erschossen. Tatmotiv: Neid / Raffgier; Julius und Brutus waren hoffensichtlich hinter dem Wagenheber des Opfers her, den sie nach ihrer Tat vermutlich mitgenommen haben. Sowohl Julius als auch Brutus werden als gemeingefährlich eingestuft [die Betonung darf durchaus auf gemein liegen; Anmerkung des Opfers].*
Die beiden sind zur Fahndung auszuschreiben.

9. Kapitel

Die Ringschildkröten

Nachdem Eduard das Buch gelesen hatte, war er zunächst etwas durcheinander. Und das Universum, das mitgelesen hatte, war ebenfalls durcheinander. Zuerst dachte es, dass es ein Hefeteig sei, der nicht genügend vorgegangen war und nun durch eine Klobrille gequetscht wurde. Doch so sehr es auch schaute, es konnte die Klobrille weit und breit nicht sehen. Als es sich endlich besonnen hatte und festgestellt hatte, dass es kein Hefeteig, sondern das Universum war, entschloss es kurzerhand unterzugehen und danach wieder neu zu entstehen. Diesmal könnte es zum Beispiel als neue Welt entstehen.

Da kam dem Universum eine noch bessere Idee. Es könnte als eine Welt ohne Klobrillen entstehen. Dann könnte auch niemand mehr einen Hefeteig belästigen und durch eine Klobrille quetschen wollen. Das Universum war begeistert, denn dies war – ohne jeglichen Zweifel – eine der grandiosesten Ideen, die das Universum je gehabt hatte. Die Idee war fantastisch, sie war toll, sie war einfach schillernd! Und Eduard könnte wieder Zeuge des Untergangs, des nachfolgenden Nichts und schließlich der Entstehung der klobrillenfreien Welt sein.

Aber dann dachte das Universum an Tschita, die die Sterne und die Löcher anmalte, und es dachte an die Relativitätstheorie, an die Nebentahler und weitere Zeiten intergalaktischen Schwachsinns, und, und, und. Und dann sagte es sich, dass es eigentlich ganz hübsch anzusehen sein müsste, mit seinen vielen Besonderheiten, und dass es das für eine klobrillenfreie Welt eigentlich nicht aufgeben sollte. Somit entschied es, dass es doch lieber so bleiben wollte, wie es war.

Als das ein zu kurz gegangener Hefeteig mitbekam protestierte er natürlich sofort lautstark.

„Das ist ungerecht! Erst machst du uns die Zutaten wässrig, und dann werden die Klobrillen doch nicht verbannt. Das ist ein Skandal!", schimpfte der Hefeteig heftig und wackelte dabei bedrohlich mit seinem zu kurz gegangenen Hinterteil.

Das Universum überlegte. Und je mehr es überlegte, desto mehr sah es ein, dass der Hefeteig recht hatte. Es musste etwas unternehmen, damit sich die Hefeteige wohl fühlen konnten. Da es aber nicht als klobrillenfreie Welt neu entstehen wollte, musste es etwas an seinem jetzigen Zustand ändern.

Und da kam ihm auch die rettende Idee. Es erließ ein neues Gesetz – die Klobrillen-Doktrin:

Es ist verboten, Hefeteige durch Klobrillen zu quetschen!

Doch kaum war dieses Gesetz ausgesprochen, da wurden schon die ersten Einsprüche angemeldet.

„Nicht, dass ich jemals einen Hefeteig durch eine Klobrille quetschen wollte", sagte ein Herdplatten-Planet, „aber was soll ich denn jetzt machen, wenn ich das einmal machen muss, weil man es mir vorschreibt?"

„Niemand schreibt vor, dass man uns durch eine Klobrille quetschen soll!", stellte der zu kurz gegangene Hefeteig fest.

„Ach ja?", fragte der Herdplatten-Planet gereizt. „Kennst du alle Rezepte des Universums? Ich kenne sie nicht alle. Aber ich bin mir sicher, dass in einem Rezept stehen könnte, dass man den Hefeteig vor dem Auswringen durch eine Klobrille quetschen muss. Was soll ich denn machen, wenn ich ein solches Rezept vor mir liegen habe?"

„So ein Rezept gibt es nicht, das steht außer Frage!", rief der Hefeteig empört.

„So, so! Also wenn ich nicht alle Rezepte des Universums kenne, dann erst recht nicht ein zu kurz gekommener Hefeteig."

„Ich bin nicht zu kurz gekommen, du ungehobelte Kochplatte. Ich bin zu kurz *gegangen*! Und was glaubst du wohl warum? Weil ich vor lauter Lesen keine Zeit zum Gehen hatte, darum!", polterte der Hefeteig zurück.

„Ha!", lachte der Herdplatten-Planet höhnisch. „Was hast du denn gelesen? Wahrscheinlich Schmuddelromane, oder? Wir können ja mal das Universum fragen, das muss schließlich alle Rezepte des Universums kennen!"

Das Universum lachte dämlich. Es lachte sogar ausgesprochen dämlich, denn es kannte bei weitem nicht alle Rezepte des Universums. Wozu auch, schließlich war es das Universum und kein Koch. Somit konnte es auch nicht wissen, ob es ein Rezept gab, nach dem man einen Hefeteig vor dem Auswringen durch eine Klobrille quetschen musste. Doch es wollte sich nicht die Blöße geben und zugeben, dass es dies nicht wusste. Um über seine Unkenntnis hinwegzutäuschen, musste es sich also etwas einfallen lassen.

„Nun gut", sagte es. „Um euch nicht mit den überaus komplizierten Details sämtlicher Rezepte des Universums belästigen zu müssen, die allein zu studieren äußerste Konzentration und jahrelange Übung erfordern, habe ich den folgenden Entschluss gefasst: Sollte es jemals ein Rezept verlangen, dass ein Hefeteig durch eine Klobrille zu quetschen ist, so ist dies gemäß dem von mir erlassenem Gesetz verboten. Statt dessen ist eine Ringschildkröte zu verwenden. Diese sind liebevoll, einfühlsam und außerdem PH-Wert neutral, so dass der Hefeteig sich nicht belästigt fühlen kann."

Dies war mal wieder eine grandiose Entscheidung. Das Universum war begeistert, denn die Entscheidung war schön, sie war klasse, sie war farbenfroh, ja, sie war schillernd.

„Das ist sehr schön", grunzte der zu kurz gegangene Hefeteig zufrieden und freute sich schon auf das notwendige Rezept, durch das er durch eine Ringschildkröte gequetscht werden würde.

„Eine sehr gute Idee", bestätigte auch der Herdplatten-Planet. „Ich werde sogleich sämtliche Verlage nach neuen Rezepten für Hefeteige ansprechen."

Was keiner bemerkt hatte war, dass es überhaupt keine Ringschildkröten im Universum gab. Bislang zumindest noch nicht. Nur das Universum selbst wusste es. Es war schon längst dabei im irritierten Quadranten einen neuen Stern mit zwei neuen Planeten entstehen zu lassen: A-Planetchen und B-Planetchen. Und auf A-Planetchen ließ das Universum die Ringschildkröten entstehen.

Das Universum war von seiner Idee mit den Ringschildkröten begeistert. Und es war noch mehr von den Ringschildkröten selbst begeistert, denn es waren niedliche, possierliche Tierchen. Und weil die Ringschildkröten solch' außergewöhnlich süße, farbenfrohe und schillernde Tierchen waren, schickte das Universum Eduard sofort auf den Planeten, damit er bestätigen und berichten konnte, dass die Ringschildkröten so wunderbar und fantastisch waren.

„Eduard, du musst dir die Ringschildkröten ansehen", sagte es zu Eduard, „und allen davon berichten!"

„Aber ich muss doch den Dieb fangen", erwiderte Eduard.

„Aber natürlich!", sagte das Universum schnell. Daran hatte es gar nicht mehr gedacht. Musste es aber auch immer an alles selbst denken. Vielleicht sollte man eine Denkmaschine entstehen lassen, überlegte das Universum. Aber Maschinen sind unwichtig und deswegen verwarf es den Gedanken sogleich wieder.

„Vermutlich ist der Dieb auf A-Planetchen, um das schwarze Loch in einer Ringschildkröte zu verstecken!", sagte das Universum zu Eduard. „Also auf, auf nach A-Planetchen, die Ringschildkröten besuchen und danach berichten. Und nebenbei den Dieb fangen."

Da er keine bessere Idee hatte, machte sich Eduard auf nach

A-Planetchen. Den irritierten Quadranten zu finden war kein Problem – immerhin war sein interstellarer Viersitzer mit einem Kommunikationscomputer, einem Bordcomputer sowie einem Autopiloten ausgerüstet. Doch der gerade erst entstandene Stern mit A-Planetchen und B-Planetchen war derart neu, dass weder der Kommunikationscomputer noch der Bordcomputer diesen oder die Planetchen kannten.

„Nun", sagte sich Eduard, „das kann ja so schwer nicht sein. Ich frage einfach einen Ortsansässigen, wo A-Planetchen zu finden ist."

Und so schaute sich Eduard nach einem Ortsansässigen um.

Auf der Erde ist ein Ortsansässiger jemand, der an dem jeweiligen Ort lebt. Er hat dort eine Wohnung oder ein Haus, schläft dort, isst dort, kauft dort ein, und so weiter und so fort. Er macht überhaupt fast alles dort.

Die Idee, dass die Ortsansässigen auf der Erde so sind, stammte übrigens vom Universum. Nun ja, selbstverständlich stammte sie vom Universum. Und das Universum fand diese Idee mit den Ortsansässigen natürlich schillernd. Und auch die Sternschnuppen im Universum fanden die Idee schillernd, denn kaum hatte das Universum die Ortsansässigen auf der Erde entstehen lassen, da riefen sie begeistert:

„Wow, das ist ja toll!"

„Das ist gigantisch!", rief eine andere Sternschnuppe.

„Ja, geradezu genial!", meldete sich eine weitere Sternschnuppe zu Wort.

„Das ist toll, das ist klasse, das ist farbenfroh. – Es ist schillernd!", jubelte die erste Sternschnuppe.

Das Universum glotzte etwas irritiert. Doch die Sternschnuppen begeisterten sich weiter.

„Ich will auch ein Ortsansässiger sein", sagte die eine.

„Ich auch, ich auch!", rief eine ganze Schar.

„Ich *bin* ein Ortsansässiger", stellt eine weitere Sternschnuppe fest.

„Ich bin ein*e* Ortsansässig*e*!", stellte noch eine andere fest.

„Toll, wir *alle* sind Ortsansässige!"

„Ich bin ortsansässig und zugleich zeitansässig!", jubelte eine alte Oma-Sternschnuppe.

Die Sternschnuppen waren wie aus dem Häuschen und konnten sich nicht mehr beruhigen. Sie jubelten, kreischten und fingen schließlich sogar an, jeden Passanten der vorbeikam zu belästigen und zum Ortsansässigenfest einzuladen. Als sie schließlich auf diesem Fest anfingen, auch die Passanten als Ortsansässige zu deklarieren, wurde es dem Universum zu bunt.

„Ähm, nun ja, meine lieben Sternschnuppen", erklärte das Universum. „Das mit den Ortsansässigen ist ja nun so. Auf der Erde sind das ja Personen, die an dem jeweiligen Ort leben, wohnen, essen, schlafen und so weiter. Ihr aber schnuppt ja herum. Quer durch's Weltall. Da könnt ihr ja wohl nicht ortsansässig sein, nicht wahr!"

„Warum nicht?", fragten die Sternschnuppen erschrocken.

„Nun, wie ich schon sagte, ihr schnuppt von einem Ort zum anderen."

„Aber wir sind doch ortsansässig, oder nicht?", fragte eine Sternschnuppe zu tiefst verunsichert.

„Aber nein, das versuche ich euch doch gerade zu erklären. Ihr bleibt nicht an einem Ort. Ihr schnuppt herum. Und wer herumschnuppt kann nicht ortsansässig sein", erklärte das Universum.

„Aber was hat das denn mit dem Schnuppen zu tun", fragten die Sternschnuppen enttäuscht. „Wir können doch einfach einen Ort mitnehmen!"

„Nun", erklärte das Universum, „dabei würde die invertierte Schwerkraft doppelt so grün wie Äpfel als Spiegelbild eines aufgehenden Mondes werden."

Die Sternschnuppen schwiegen verständnislos und das Universum war froh, dass die Sternschnuppen mit dieser dämlichen Begründung zufrieden waren. In Wirklichkeit gab es nämlich gar keinen Grund. Oder zumindest fast gar keinen. Das Universum wollte einfach nicht, dass die Sternschnuppen vor lauter Ortsansässigkeit ihr Schnuppen vernachlässigten. Hätte das Universum ortsansässige Sternschnuppen haben wollen, so hätte es welche erschaffen. Aber die wären nicht schillernd gewesen. Nur schnuppende Sternschnuppen sind schillernd. Also durften die Sternschnuppen nicht vor lauter Ortsansässigkeit das Schnuppen vernachlässigen. Das war Grund genug.

Eine Sternschnuppe fragte: „Wer ist denn dann ortsansässig?"

„Ja nun, das ist ganz einfach", sagte das Universum. „Ortsansässige außerhalb von Planeten sind interstellare Wolken, die voller Orte befleckt sind."

„Voller Orte befleckt?", wunderten sich die Sternschnuppen.

„Ja, sicherlich! Sie haben lauter Flecken. Überall. Und jeder Fleck ist ein Ort. Und die Orte sind überaus anhänglich und wechseln nie die Wolke. Und zu einer Sternschnuppe gehen sie erst recht nicht!"

„Das ist schade!", sagten die Sternschnuppen traurig.

„Das ist toll", jubelte eine interstellare Wolke. Und ehe sie sich versah machte es *blob* und ein Ortsfleck war ihr auf die Backe gesprungen. *Blob, blob, - blob, blob, blob* - und ruck, zuck wurden alle interstellaren Wolken mit jede Menge Orten befleckt, so dass die interstellaren Wolken in allen Farben schillerten.

Die meisten interstellaren Wolken fanden es witzig, wie die Ortsflecken sie kitzelten. Nur wenige murrten, weil sie aus dem Schlaf aufgeweckt worden waren. Doch alles in allem waren sie sich einig, dass sie mit Ortsflecken viel schöner aussahen als zuvor. Allerdings hatten die Ortsflecken auch einen Nachteil: Sie waren ziemlich vorlaut.

Eduard fragte also bei den interstellaren Wolken, wo A-Planetchen zu finden sei.

„Entschuldigung", fragte Eduard eine interstellare Wolke mit giftgrünen, himmelblauen, rötlichen und noch einigen anderen Ortsflecken, „können Sie mir sagen wie ich zum A-Planetchen im irritierten Quadranten komme? Den Namen des Sternes kenne ich leider nicht, der ist nämlich ganz neu. Vermutlich hat er daher auch noch gar keinen Namen."

„Alles im Universum hat einen Namen", sagte einer der giftgrünen Ortsflecken auf der interstellaren Wolke.

„Hm ...", setzte die interstellare Wolke an, wurde aber von einem der himmelblauen Ortsflecken unterbrochen: „Ach ja? Kann ich mir nicht vorstellen. Du hast bestimmt keinen Namen!"

„Und ob", erwiderte der giftgrüne Ortsfleck, „alles hat einen Namen im Universum. Und ich habe natürlich erst recht einen Namen."

„Welchen denn?", fragte ein Ortsfleck, der sich vor Aufregung von himmelblau in rot umfärbte.

„Genau, welchen denn?", fragte auch ein anderer Ortsfleck und stemmte sich herausfordernd die Hände in die Hüfte.

„Also, das ist eigentlich recht einfach. Du nimmst ...", setzte die interstellare Wolke wieder an, wurde aber erneut unterbrochen.

„Das geht euch gar nichts an!", sagte der giftgrüne zu dem inzwischen roten Ortsfleck.

„Hähä, er weiß seinen Namen nicht!", spottete ein blasser Ortsfleck im Hintergrund.

„Und ob ich meinen Namen kenne!", polterte der giftgrüne Ortsfleck zurück.

„Hm, dürfte ich mal eben ...", bat die interstellare Wolke, wurde aber schon wieder abgewürgt.

„Wer seinen Namen nicht kennt, hat das Wichtigste verpennt", grölten zwei Ortsflecken laut.

„Ach wie gut dass niemand weiß, dass er Hat-Kein-Namen heißt" brüllte der blasse Ortsfleck hinterher.

Das Universum schlug hoffnungslos die Hände über den Kopf zusammen. Offensichtlich gab es ein Problem mit Ortsansässigen im interstellaren Raum: Jeder der ortsansässig wurde spielte verrückt.

„Ortsflecken können nicht sprechen", stellte das Universum fest, und im Nu war es ruhig. Zufrieden sah das Universum zu, wie die Ortsflecken stumm giftige Blicke austauschten. Was für eine herrliche Stille, dachte sich das Universum und atmete auf.

„Also ...", begannt die interstellare Wolke von neuem.

„Ich bin kein Ortsfleck, ich bin ein befleckter Ort!", schrie plötzlich der rote Ortsfleck, der sich in einen befleckten Ort verwandelt hatte. „Und der giftgrüne Ortsfleck da drüben hat keinen Namen. Hä, hä, hä!"

„Ich – ähürg ...", würgte der giftgrüne Ortsfleck und bemühte sich heftig, sich ebenfalls zu verwandeln.

Das Universum vergrub sein Gesicht in seinen Händen und jammerte laut. Das konnte einfach nicht wahr sein!

„Ortsflecken können sich auch nicht verwandeln", sagte es mit matter Stimme. „Und ihr beiden geht vorzeitig unter!"

Es gab einen Lichtblitz und der rote befleckte Ort und der sich verwandelnde giftgrüne Ortsfleck gingen unter. Danach trat erneut Stille ein.

„Darf ich?", fragte die interstellare Wolke vorsichtig. Kein Laut war zu vernehmen – absolute Totenstille.

„Fein", freute sich die interstellare Wolke. „Also, du nimmst Kurs 71-283-82 auf die Kugelhaufen-Galaxie K2. Wenn du auf dem Weg dorthin nach ca. 15 Lichtminuten rechts das Doppelstern-Sonnensystem mit den Drillings-Planeten siehst, änderst du den Kurs auf 03-57-201. Nach einer knappen Lichtstunde erreichst du dann das Dixi-System, das Sonnensystem mit A-Planetchen und B-Planetchen. Die Sonne heißt übrigens Walter."

„Danke schön", bedankte sich Eduard, diktierte den Flugplan in den Kommunikationscomputer und flog zu A-Planetchen im Dixi-System.

Eduard musste, wie so oft, dem Universum zustimmen. Die Ringschildkröten waren wirklich äußerst niedliche und possierliche Tiere. Sie waren ringförmig gewachsen und hatten in der Mitte ein riesiges Loch. Der Panzer war entsprechend ebenfalls ringförmig und sah so aus, als hätte man aus dem Panzer einer normalen Schildkröte in der Mitte ein großes Loch heraus gestanzt.

Die Ringschildkröten waren sehr freundlich und ziemlich verspielt. Nur eine Sache konnten sie nicht so gut machen. Nämlich auf Toilette gehen. Besonders das große Geschäft bereitete Ihnen ernsthaft Probleme, da sie ständig die Klobrille beschmutzten. Mit ihrem Körperbau war es ihnen schlichtweg unmöglich, ihre Notdurft durch das Loch der Klobrille hindurch zu verrichten. Eduard empfahl später jedem Interessierten, der eine Reise nach A-Planetchen plante, eine eigene Toilette mitzunehmen. Oder zumindest eine eigene Klohbrille.

Nach dem Dieb und dem gestohlenen schwarzen Loch zu suchen fiel Eduard nicht schwer. Schließlich musste er die Ringschildkröten nicht anheben um zu prüfen, ob der Dieb sich oder das schwarze Loch unter einer Ringschildkröte versteckt hatte. Er schlenderte einfach über A-Planetchen und schaute jeder Ringschildkröten ins Loch. Zwischenzeitlich überlegte er, ob man aus dem ringförmigen Kot der Ringschildkröten vielleicht Fahrradreifen herstellen könnte. Immerhin hatten sie ja schon die richtige Form und auch die richtige Farbe. Und wenn man mit so einem Reifen mal aus Versehen durch Hundekot fahren würde wäre das nicht so schlimm, denn die Reifen würden ja sowieso schon stinken. Vielleicht könnte man aber auch das mit dem Geruch in den Griff bekommen – immerhin schafften es die Automobilhersteller ja auch, geruchsneutrale Kotflügel herzustellen.

Doch Eduard hatte wichtigere Dinge zu tun, und so gab es keinen weiteren Grund, noch länger auf A-Planetchen zu verweilen. Er musste sich weiter auf die Suche nach dem Dieb machen. Nur wo? Die ‚*Das Unmögliche zuerst Devise*‘ taugt nicht viel, das war das Wenige was er aus dem Buch der Bibliothek von Nebenthal gelernt hatte. Er sollte also besser mit dem Möglichen beginnen! Aber was war möglich? Eduard beschloss zum FAQ-Planeten zu reisen – hier würde er sicherlich bessere Auskünfte bekommen als in irgendeinem Buch aus der Bibliothek von Nebenthal.

10. Kapitel

Der FAQ-Planet

Das Universum hatte den FAQ-Planeten zu einem ganz bestimmten Zweck entstehen lassen. Nämlich um Fragen, die von allgemeinem Interesse sind und hin und wieder oder auch wiederholt gestellt werden, einheitlich und ohne großen Aufwand beantworten zu können. Da dies als Name für den Planeten kaum in Betracht kam, hatte das Universum seinerzeit den Planeten FAQ-Planet getauft.

Der Name ist natürlich ziemlich nichts sagend, wenn nicht sogar irreführend. So hatte beispielsweise einst eine Kaffeefahrt-Reisegruppe den FAQ-Planeten in der Annahme aufgesucht, dass man dort günstig Wärmeflaschen und Heizkissen erstehen könne. Der Veranstalter hatte mit sensationell tiefen Preisen und überwältigender Qualität der Produkte geworben, und die Reiseteilnehmer hatten mit viel Begeisterung und wenig Verstand gekauft. Als die Kaufwütigen jedoch zu Hause festgestellt hatten, dass die Wärmeflaschen Einwegflaschen waren, der Pfand nicht zurückgezahlt wurde und sie auch noch kostenpflichtig als Sondermüll entsorgt werden mussten, war die Enttäuschung recht groß gewesen. Dies war allerdings nichts im Vergleich zu der Enttäuschung über die Heizkissen. Dies waren äußerst widerspenstige Biester, die sich strikt weigerten, in der Nähe einer Steckdose zu heizen. Und ohne Strom wurden sie bitter kalt und steinhart, so dass von *Kissen* keine Rede mehr sein konnte. Außerdem verwandelten sie sich bei Vollmond zu Reizwäsche und haben derart verwandelt wiederholt gewöhnliche Unterwäsche angefallen und zerfetzt.

Da der Name des FAQ dermaßen nichts sagend und irreführend ist, und sich nur wenige Wesen im Universum den eigentlichen, recht umständlich zu umschreibenden Zweck des Planeten merken konnten, hatte später die Interessengemeinschaft ‚Mit Verstand durchs Leben' auf der Erde eine neue Sprache entwickelt, die eigens dafür gedacht war, die Aufgaben des FAQ-Planeten leicht, verständlich und einprägsam zu umschreiben. In dieser Sprache ist FAQ die Abkürzung für ‚Frequently Asked Questions'. Seitdem sich die neue Sprache auf der Erde verbreitet hatte, wurden zumindest dort keine weitere Kaffeefahrten zum FAQ-Planeten mehr angeboten.

Eduard war also mit seinem interstellaren Viersitzer nach FAQ gereist. Die Einreiseprozedur war dort etwas umständlich und langwierig, da gigantische Mengen an Informationen über jeden Einreisenden gesammelt wurden. Angeblich, damit man die Fragen später möglichst personengerecht beantworten könne. Außerdem wurden die Behörden von FAQ nicht müde darauf hinzuweisen, dass der Datenschutz von FAQ der beste im gesamten Universum sei. Die meisten Einreisenden ließen sich davon auch beruhigen, vermutlich auch deshalb, weil niemand wusste, dass die Behörden von FAQ sämtliche ihrer Datenschutzbeauftragten auf Kaffeefahrten erstanden hatten.

Eduard machte sich keine großen Gedanken über den Datenschutz. Schließlich hatte er als Berichterstatter des Universums ein Interesse daran, dass sich alle Informationen möglichst schnell und effektiv im Universum verbreiteten. Er stellte sich also artig in die Warteschlange der Einreisenden und wartete geduldig, bis er endlich zum ersten Einreisebeamten kam.

„Was ist der Zweck Ihres Besuches", fragte der Beamte ohne Eduard anzuschauen.

„Ich möchte eine Frage zum Aufspüren von ..."

„Ist der Zweck Ihrer Frage geschäftlicher oder privater Natur?", unterbrach der Beamte.

„Hm, ich weiß nicht recht. Ich glaube eher privater Natur", sagte Eduard unsicher.

„Aha" stellte der Beamte fest. „Bitte füllen Sie das Einreiseformular E-2781 für Einreisen geschäftlichen Zweckes, die Zollerklärung C-7218 und den Ausreiseantrag A-1728 aus und stellen Sie sich am Schalter B-8712 an."

Der Beamte drückte Eduard die drei Formulare in die Hand und winkte den Nächsten zu sich.

Eduard suchte sich einen freien Platz in der Wartehalle, kramte das Einreiseformular E-2781 hervor und zückte einen Kugelschreiber, um das Formular auszufüllen.

„Halt, halt!", rief das Einreiseformular E-2781. „Sie halten ein interaktives Multimediaformular in der Hand, das ohne Verwendung von herkömmlichen Schreibhilfen ausgefüllt werden kann. Bitte folgen Sie meinen Anweisungen und beantworten Sie alle Fragen wahrheitsgetreu."

„Oh", sagte Eduard erstaunt und steckte den Kugelschreiber wieder weg.

„Kann es losgehen?", fragte das Formular.

„Wegen mir ja!", antwortete Eduard.

„Bitte antworten Sie mit *Ja*, *Nein*, *Hilfe* oder *Abbruch*!", sagte das Formular.

„Na gut, dann ...", wollte Eduard antworten, doch das Formular unterbrach ihn.

„Kann es losgehen?", fragte das Formular.

„Äh, ja!", sagte Eduard etwas verwirrt.

„Ich verstehe Ihre Antwort ‚*äh, ja*' nicht. Bitte antworten Sie mit *Ja*, *Nein*, *Hilfe* oder *Abbruch*! Wenn Sie schwerhörig oder taub sind können Sie auch die schriftliche Online-Hilfe des Formulars verwenden, indem Sie im Menü ‚*Hilfe*' die Rubrik ‚*Schriftliche Hilfe*' antippen."

Eduard glotzte blöd auf das Formular, auf dem sich noch nichts geändert hatte. Vor allem sah er kein ‚*Hilfe*' Menü.

„Wenn Sie nicht wissen, wie Sie das ‚*Hilfe*' Menü antippen, dann sagen Sie jetzt ‚*Hilfe*'!", fuhr das Formular fort.

„Himmel, hilf!", entfuhr es Eduard.

„Ich verstehe Ihre Antwort ‚*Himmel, hilf*' nicht. Bitte antworten Sie mit *Ja*, *Nein*, *Hilfe* oder *Abbruch*! – Kann es losgehen?"

„Ja" sagte Eduard und schwieg wieder schnell.

„Bitte nennen Sie mir Ihren Vornamen", sagte das Formular.

„Eduard", sagte Eduard und beobachtete fasziniert, wie sich das Vorname-Feld des Formulars mit ‚*Eduard*' füllte.

„Bitte nennen Sie mir Ihren zweiten Vornamen."

„Äh, ich glaube ich habe gar keinen zweiten Vornamen", sagte Eduard peinlich berührt. Dann bemerkte er wie im Feld ‚*Zweiter Vorname*' des Formulars ‚*Äh, ich glaube ich habe gar keinen zweiten Vornamen*' eingetragen wurde.

„Bitte nennen Sie mir Ihren Nachnamen", sagte das Formular.

„Hilfe!", sagte Eduard klar und deutlich. Im Nachname-Feld des Formulars wurde ‚Hilfe' eingetragen.

„Bitte nennen Sie mir Ihre Galaxie-Angehörigkeit. Wenn Sie nicht wissen was Ihre Galaxie-Angehörigkeit ist, antworten Sie mit Hilfe."

„Hilfe!", sagte Eduard wieder klar und deutlich.

„Was möchten Sie wissen?", fragte das Formular.

„Ich habe keinen zweiten Vornamen. Sie haben etwas Falsches in dem entsprechendem Feld eingetragen. Können wir noch mal zurück zu dieser Frage?"

„Unter den Begriffen ‚Ich', ‚Sie', ‚Wir' und ‚Frage' sind keine Hilfe-Einträge vorhanden. Bitte fahren Sie mit der Galaxie-Angehörigkeit fort."

„Hilfe", sagte Eduard erneut, worauf das Formular unter Galaxie-Angehörigkeit ‚Hilfe' eintrug.

Das Formular fragte Eduard als nächstes nach der Adresse seines Wohnortes, der Adresse seines Aufenthaltsortes auf FAQ, der Adresse seines letzten Urlaubes sowie der Adresse des Reiseveranstalters, über den er den Urlaub gebucht hatte. Eduard gab sich größte Mühe, die Fragen ohne Rückfragen zu beantworten. Danach ging es auf der zweiten Seite des Formulars mit den Sicherheitsfragen weiter.

„Waren Sie schon einmal auf FAQ gewesen?", fragte das Formular.

„Nein", antwortete Eduard.

„Wurden Sie jemals des Planeten verwiesen, weil Sie eine Straftat auf FAQ begangen haben, oder beabsichtigten, eine Straftat auf FAQ zu begehen, oder wissentlich verschwiegen haben, dass jemand eine Straftat auf FAQ begangen hat oder beabsichtigt hat, eine Straftat zu begehen? Bitte antworten Sie mit *ja*, *nein*, oder *weiß nicht*."

„Ich war noch nie auf FAQ."

„Ist dies die Aktennummer eines an einem Gericht auf FAQ anhängigen oder abgeschlossenen Verfahrens? Bitte antworten Sie mit *ja*, *nein*, oder *weiß nicht*."

„Nein"

„Beabsichtigen Sie, eine Straftat auf FAQ zu begehen, oder beabsichtigen Sie eine Straftat, von der Sie wissen, zu verschweigen? Bitte antworten Sie mit *ja*, *nein*, oder *weiß nicht*."

„Nein."

„DER MANN BEABSICHTIGT EINE STRAFTAT AUF FAQ ZU BEGEHEN!"", schrie das Formular in den Händen des Mannes, der neben Eduard saß.

„Schnell! Entfernen Sie sich unauffällig", zischte das Formular von Eduard und zitterte nervös.

Eduard stand auf und schaute verwirrt auf den Mann neben ihn. Währenddessen schrie das Formular des Mannes neben Eduard unaufhörlich weiter, dass dieser beabsichtige eine Straftat zu begehen. Höchstens zwei Sekunden später öffneten sich in der Decke über dem Mann vier Löcher. Aus jedem Loch fiel eine Rolle herunter und blieb ca. 2 Meter über dem Boden schweben. Dort entrollten sie sich zu großen Plakaten, die bis zum Boden reichten und den Mann umzingelten. Jedes Plakat zeigte einen Polizisten, der den Mann grimmig anschaute.

„Sie sind verhaftet!", sagte eines der Plakate.

„Legen Sie sich diese Handschelle an und warten Sie ab, bis Sie abgeführt werden!", sagte ein anderes Plakat und zeigte nun an Stelle des Polizisten eine Handschelle.

Der Mann schaute einen Moment verdutzt. Dann schlug er eines der Plakate zur Seite und rannte zurück zu dem Gang, der zu den Parkplätzen führte, auf denen die Besucher von FAQ ihre Raumgleiter parkten.

„Fliehen ist zwecklos, wir schießen scharf!", warnte der Polizist des ersten Plakates. Doch der Mann rannte weiter.

„PENG, PENG!", schrie ein weiteres Plakat.

Der Mann hatte mittlerweile die Wartehalle fast vollständig durchquert und befand sich kurz vor dem Gang zu den Parkplätzen. Vor ihm öffnete sich abermals die Decke und eine weitere Plakatrolle fiel herab. Während der Mann unter ihr hinweg rannte, entrollte sie sich und zeigte zwei Kugeln.

„Zisch! Zisch!", zischte das Plakat.

Im Gang zu den Parkplätzen öffnete sich die Decke und eine dicke Rolle in der Breite des Gangs fiel herab. Sie entrollte sich zu einem gigantischen Plakat, das eine Straßensperre aus zwei Polizeiwagen zeigte. Hinter jedem Wagen standen je zwei Polizisten, ihrer Waffe im Anschlag. Ein weiterer Polizist hatte ein Megafon und schrie: „STEHEN BLEIBEN ODER WIR SCHIESSEN!"

Der Mann rannte auf das Plakat zu, sprang hindurch und hinterließ es in Fetzen. Sekunden später war er im Gang verschwunden und Erleichterung machte sich in der Wartehalle breit.

„Oh Mann", stöhnte das E-2781 Formular in Eduards Händen, „das war vielleicht ein Schock! Ich bin fix und fertig. Für den Rest des Tages nehm' ich mir frei."

„Aber meine Einreise. Ich muss doch für die Einreise ...", sagte Eduard, doch das Formular hatte sich bereits vollständig gelöscht und zeigte nur noch ein leeres weißes Blatt Papier. Eduard ging wohl oder übel zum ersten Einreisebeamten zurück und bat um eine neues Einreiseformular E-2781.

„Wenigstens weiß ich jetzt, wann ich was sagen muss", sagte sich Eduard und wartete geduldig, bis das Formular loslegte.

„Sie halten ein interaktives Multimediaformular in der Hand, das ohne Verwendung von herkömmlichen Schreibhilfen ausgefüllt werden kann. Bitte folgen Sie meinen Anweisungen und beantworten Sie alle Fragen wahrheitsgetreu. – Kann es losgehen?"

„Ja", sagte Eduard.

„Wenn Sie schwerhörig oder taub sind können Sie die schriftliche Online-Hilfe des Formulars verwenden, indem Sie im Menü ‚Hilfe' die Rubrik ‚Schriftliche Hilfe' antippen. – Wenn Sie nicht wissen, wie Sie das ‚Hilfe' Menü antippen, dann sagen Sie jetzt ‚Hilfe'!", fuhr das Formular fort.

Eduard sagte nichts und wartete.

„Kann es losgehen?"

„Ja", sagte Eduard erneut.

„Bitte nennen Sie mir Ihren Vornamen."

„Eduard", sagte Eduard und beobachtete, wie sich das Vorname-Feld füllte.

„Bitte nennen Sie mir Ihren zweiten Vornamen."

„Keinen", sagte Eduard siegesgewiss.

„Es ist ein schwerer Ausnahmefehler in der Applikation *E-2781-processing* aufgetreten", sagte das Formular. „Drücken Sie *Ok* um die Applikation zu beenden oder *Debug* um einen Registerauszug und einen Stack Dump zu erhalten? Bitte antworten Sie mit *ja*, *nein*, oder *weiß nicht*."

„Okay", sagte Eduard, worauf das Formular vollständig blau wurde.

Eduard ging erneut zum ersten Einreisebeamten und bat nochmals um ein Einreiseformular E-2781. Diesmal beantwortete er wieder alle Fragen wie beim ersten Mal und hielt schließlich das vollständig ausgefüllte Formular in seinen Händen. Danach besprach er noch die Zollerklärung C-7218 sowie den Ausreiseantrag A-1728 und begab sich dann zum Schalter B-8712.

„Sie haben eine geschäftliche Frage?", fragte der Beamte am Schalter B-8712 ohne aufzublicken.

„Ja", bestätigte Eduard.

„Haben Sie Ihr Gepäck zu irgendeinem Zeitpunkt unbeaufsichtigt gelassen?", fragte der Beamte weiter.

„Ich habe kein Gepäck", sagte Eduard.

Der Beamte blickte auf und sah Eduard misstrauisch in die Augen. Danach richtete er seine Konzentration zurück auf die Papiere, die auf seinem Tisch lagen, suchte ein Weile mit dem Finger die Papiere ab und fand dann endlich die nächste Frage.

„Hat ein Verwandter, oder ein Freund, oder ein Fremder Sie gebeten, ein Gepäckstück für ihn mitzunehmen?", fragte der Beamte.

„Ich habe kein Gepäck", erwiderte Eduard.

Argwöhnisch blickte der Beamte auf und notierte dann hektisch ein paar Worte auf eines seiner Papiere. Dann suchte er nach der nächsten Frage und fuhr fort:

„Hat ein Verwandter, oder ein Freund, oder ein Fremder Sie gebeten, eine Frage für ihn mitzunehmen?"

„Nein."

„*Haben* Sie irgendwelche Fragen von anderen Personen mitgenommen und wollen Sie diese nun einführen?"

„Nein."

„Habe ich sonst noch irgendwelche Fragen?", murmelte der Beamte

„Weiß nicht", sagte Eduard, worauf er wieder misstrauische Blicke des Beamten erntete.

Schließlich stempelte der Beamte jedes Formular dreimal auf der Vorderseite und zweimal auf der Hinterseite ab. Dabei riefen die Formulare bei jedem Stempelvorgang „Halt, halt! Sie halten ein interaktives Multimediaformular in der Hand, das ohne Verwendung von herkömmlichen Schreibhilfen ausgefüllt werden kann. Bitte folgen Sie meinen Anweisungen und beantworten Sie alle Fragen wahrheitsgetreu."

„Sie können einreisen", sagte der Beamte zu Eduard ohne auch nur einen Versuch zu machen, freundlich zu schauen.

Eduard passierte den Schalter und gelangte in die Ankunfts-halle auf FAQ. Dutzende von Frageträger drängten auf Eduard ein und boten an, seine Fragen zu einem Frage-Amt zu transpor-tieren. Eduard wimmelte sie alle mit der Frage „Wieviel kostet das denn?" ab. Die Frageträger antworteten stets: „Ich werde mich umgehend beim nächsten Frage-Amt erkundigen" und verschwanden dann.

In der Nähe des Ausgangs bemerkte Eduard ein Reisebüro mit First-Minute-Angeboten. Interessiert studierte er alle Angebote und buchte dann ein All-Questions-Inclusive Hotel in der Nähe.

Eine viertel Stunde später wurde er von dem Shuttlebus des Hotels abgeholt und zum Hotel gefahren. Nach dem Einchecken zog er sich kurz auf sein Zimmer zurück, um sich frisch zu machen, und schlenderte danach zum Restaurant des Hotels. Dort ließ er sich einen Tisch am Fenster geben, von dem man einen herrlichen Ausblick auf die Start- und Landebahnen des nahegelegenen Spaceport hatte. Eduard beobachtete die ver-schiedenen großen und kleinen Raumgleiter, die FAQ anflogen und wieder verließen.

„Willkommen im *Trubana* dem besten All-Questions-Inclusive Hotel auf FAQ", meldete sich ein glücklich strahlender Kellner zu Worte und reichte Eduard die Speisekarte.

„Darf es eine Frage zum Aperitif sein?", fragte der Kellner.

„Tja, wenn Sie mich so fragen", überlegte Eduard. „Ich habe da eine sehr wichtige Frage. Wann, wo und an wen stelle ich die denn am besten?"

„Wenn Sie erlauben empfehle ich Ihnen, die Frage zum Hauptgang zu stellen", antwortete der Kellner.

„Ach, ich dachte ich müsste da zu irgendeinem Amt gehen?"

„Das wäre zwar möglich", erläuterte der Kellner, „aber da Sie im All-Questions-Inclusive *Trubana* gebucht haben, können Sie Ihre Fragen auch jederzeit hier stellen. Der Gang zu einem Frage-Amt ist nicht notwendig."

„Wunderbar", sagte Eduard glücklich erstaunt.

Eduard vertiefte sich kurz in die Speisekarte und bestellte dann sein Essen. Eine Thunfisch-Pizza und einen kleinen Nachtisch; mehr Hunger hatte er nicht. Ungefähr zehn Minuten später kam der Kellner wieder und brachte die Pizza.

„Ich bringe noch den Salat zur Pizza", sagte der Kellner, ver-schwand wieder und war kurz darauf mit einem kleinen Salat zurück. Eduard hatte derweil begonnen, seine Pizza zu dezimieren.

„Wenn Sie wollen, können Sie nun gerne ein paar Fragen stellen" sagte der Kellner freundlich.

„Gerne", sagte Eduard und steckte sich einen weiteren Happen Pizza in den Mund. Der Thunfisch schmeckte vorzüglich.

„Warum heißt der Thunfisch eigentlich Thunfisch?", fragte Eduard, mehr zu sich selbst als zum Kellner.

„Nun, jedesmal wenn die Fischer einen Thunfisch an Bord ziehen", erwiderte der Kellner, „fragen sie den Fisch: *Und was soll'n wir jetzt tun, Fisch?"*

Eduard schaute den Kellner zweifelnd an und steckte sich den nächsten Bissen in den Mund.

„Also gut", schmatze er mit vollem Mund, „ich bin auf der Suche nach einem Dieb. Haben Sie einen Dieb mit einem schwarzen Loch gesehen?"

„Ich habe viele Diebe gesehen", stellte der Kellner fest.

„Oh!", sagte Eduard erstaunt und vergaß das Essen.

„Aber keinen mit einem schwarzen Loch", fuhr der Kellner fort.

„Och", sagte Eduard enttäuscht und kaute wieder, „Das ist aber schade!"

„Nein, das ist logisch."

„Logisch? Wieso logisch?"

„Nun, weil man schwarze Löcher nicht sehen kann. Vielleicht hatte einer der Diebe ein schwarzes Loch, aber ich konnte es nicht sehen."

„Oh!", sagte Eduard, und seine Augen hellten sich wieder auf.

„Vielleicht trugen auch alle Diebe, die ich gesehen habe, schwarze Löcher mit sich herum."

„Och", murmelte Eduard, erneut enttäuscht.

„Vielleicht hat sogar überhaupt jeder Dieb ein schwarzes Loch."

„Hm, das glaube ich nicht", überlegte Eduard. „Dann würde Tschita mehr als nur ein schwarzes Loch vermissen. Sie vermisst aber exakt eins. Also kann höchstens *ein* Dieb ein schwarzes Loch haben."

„Vielleicht habe ich das schwarze Loch", meinte der Kellner.

„Dann sind Sie also der Dieb?", fragte Eduard zweifelnd.

„Nein, ich bin nicht der Dieb. – Vielleicht haben Sie das

schwarze Loch", erwiderte der Kellner.

„Ich habe kein schwarzes Loch!"

„Sind Sie sich sicher? Ich sehe kein schwarzes Loch."

„Aber ja doch. Weil ich kein schwarzes Loch habe."

„Oder weil man das schwarze Loch nicht sehen kann."

Eduard überlegte.

„Eine Frage", sagte er. „Wieso sagen Sie, dass man ein schwarzes Loch nicht sehen kann?"

„Nun ja, es ist ein Loch, das dazu auch noch schwarz ist. Wenn Sie da hinein schauen, ist es schwarz. Das heißt, von dem Loch können Sie vor lauter Schwärze nichts sehen."

„Ja, ja. Das ist schon richtig. Aber wenn ich ein schwarzes Loch herumtrage, und dabei vor einem hellen Hintergrund entlang laufe, dann müsste ich doch dort, wo das schwarze Loch ist, einen schwarzen Fleck sehen. Einen schwarzen Fleck, der vor dem hellen Hintergrund entlang getragen wird. Also würde ich das schwarze Loch sehen, nicht wahr?"

„Sie sind gefeuert!", sagte eine Dame im weißen Anzug, die plötzlich neben dem Kellner aufgetaucht war.

„Aber – aber", stammelte der Kellner.

„Bitte, die Beamten der Falsche-Antworten-Behörde werden Sie an der Rezeption in Empfang nehmen", sagte die Dame zu dem Kellner und zeigte dabei auf die Tür, die zur Rezeption des Hotels führte. Mit hängendem Kopf schlich sich der Kellner davon.

„Ich bitte vielmals um Entschuldigung", sagte die Dame zu Eduard gewandt. „Ich bin die Managerin des Hotels und versichere Ihnen, dass es seit Bestehen des Hotels noch nie passiert ist, dass eine Frage falsch beantwortet worden ist. Überhaupt wurde auf ganz FAQ noch nie eine Frage falsch beantwortet. Ich versichere Ihnen, dass die Behörden mit aller Härte durchgreifen werden, damit sich dergleichen nicht wiederholen wird. Ich bitte die Unannehmlichkeiten, die Ihnen durch die falsche Antwort entstanden sind, zu entschuldigen. Zur Entschädigung wird das Hotel sämtliche Kosten Ihres gesamten Aufenthaltes auf FAQ übernehmen."

„Danke schön", sagte Eduard erstaunt.

„Es wird sich gleich unser Oberkellner höchst persönlich um Sie kümmern. Bitte entschuldigen Sie nochmals die Unannehmlichkeiten", sagte die Dame und verschwand wieder. Kurz darauf erschien der Oberkellner.

„Mein Herr, darf auch ich im Namen des Hotels sowie des Planeten FAQ meine tiefe Bestürzung über das Vorgefallene ausdrücken!", sagte der Oberkellner zu Eduard.

„Ist schon gut. Schließlich haben Sie es ja rechtzeitig bemerkt. Also, zu meiner Frage ..."

„Ja natürlich", unterbrach der Oberkellner freundlich. „Nein, wir haben auf FAQ keinen Dieb mit einem schwarzen Loch gesehen. Was aber nichts heißen will. Schließlich sind wir auf Fragen und korrekte Antworten spezialisiert und nicht auf das Aufspüren von Dieben. Es ist also durchaus möglich, dass sich der Dieb auf FAQ aufhält."

„Hm, wie fange ich denn den Dieb am besten?", fragte Eduard.

„Nun, auf Grund Ihrer Frage wird offensichtlich, dass Sie sich in diesem Metier nicht besonders gut auskennen. Darf ich Ihnen empfehlen, dass Sie eine Ausbildung zum Detektiv absolvieren. Danach wird Ihnen das Aufspüren, Observieren und Überführen von Subjekten keine Probleme mehr bereiten."

„Aha. Und wo kann man so eine Ausbildung machen?"

„Es gibt zahlreiche Akademien, die zum Detektiv ausbilden. Die berühmteste – und nebenbei bemerkt, die mit den höchsten Studiengebühren – ist *Cowjeep*. Empfehlenswert ist aber auch *Reckenbach* im Viertelquadranten. Die überwiegende Mehrheit aller Schüler entscheidet sich jedoch Jahr für Jahr für *Nichzem*; die Studiengebühren sind dort verhältnismäßig niedrig und die Kantine hat einen sagenhaften Ruf. Nicht vergessen sollte man auch ..."

„Äh, welches ist denn die Akademie mit der schnellsten Ausbildung?", unterbrach Eduard.

„Das ist *Grunznichgut* in der Wirbelgalaxie E306. Dort wird nach der GGG-Didaktik gelehrt. Geringe Studiengebühren, geringe Durchfallquote, geringer Stress. Die Absolventen sind regelmäßig begeistert. Obwohl *Grunznichgut* keinen sehr guten Ruf hat! Aber die kürzeste Ausbildung."

„Wunderbar! Ich glaube, das ist genau die richtige Akademie für mich – ich bin nämlich etwas unter Erfolgsdruck. Vielen Dank!"

„Nun, auch wenn Sie unter Erfolgsdruck sind, lassen Sie mich nochmals darauf hinweisen, dass *Grunznichgut* nicht den allerbesten Ruf hat."

„Aber es ist doch eine richtige Akademie, oder nicht?"

„Ja, ja, das schon."

„Na, dann denke ich, ich werde mich in *Grunznichgut* zum Detektiven ausbilden lassen. Immerhin soll es schnell gehen."

„Sehr gerne. Darf es sonst noch eine Frage sein?"

„Nein danke, für heute Abend wär's das."

Eduard aß genüsslich seine Pizza auf und ließ sich dann seinen Nachtisch auf der Terrasse servieren. Während er auf der Terrasse den Sonnenuntergang und seinen Nachtisch genoss entschied er, seinen Aufenthalt auf FAQ zu verlängern und noch zwei Tage zu bleiben. Schließlich bekommt man nicht häufig das Angebot, kostenlos zu logieren. Und außerdem hatte er nun einen konkreten Plan, wie er den Dieb ergreifen würde. Er würde die Ruck-Zuck-Ausbildung in *Grunznichgut* machen und danach den Dieb in Null-Komma-Nichts fangen. Da konnte er jetzt ruhig zwei Tage ausspannen.

11. Kapitel

Die Ausbildung zum Detektiv

Noch auf FAQ hatte sich Eduard zur Ausbildung an der *Grunznichgut* Akademie angemeldet. Eine Woche später traf er in der Wirbelgalaxie E306 ein und startete mit ein paar Dutzend anderen Lebewesen den Lehrgang zum Detektiv in der *Grunznichgut* Akademie.

„Meine sehr verehrten Lebewesen, liebe Schülerinnen, liebe Schüler!", wurden sie vom Direktor von *Grunznichgut* begrüßt. „Ich darf Sie herzlich zu dem Detektiv-Lehrgang in E306 begrüßen; dem Einzigen im gesamten Universum, der nach der GGG-Didaktik gelehrt wird. Geringe Studiengebühren, geringe Durchfallquote, geringer Stress – das ist seit über hundert Jahren unser erfolgreiches Konzept. Und seit über hundert Jahren versucht man an anderen Akademien im Universum, diese Didaktik zu übernehmen. Dies hat sicherlich für eine weltweite Verbesserung der Detektiv-Ausbildung geführt, aber seien Sie sich sicher: An keiner Akademie im gesamtem Universum wird die GGG-Didaktik so professionell und zielstrebig angewandt, wie in *Grunznichgut*!"

Der Direktor schaute zufrieden in den Saal und fuhr dann fort.

„Es gibt viele Lehrgänge in *Grunznichgut*, nicht nur die Ausbildung zum Detektiv, für die Sie sich entschieden haben. Tatsächlich haben viele unserer Absolventen nach ihrem ersten Lehrgang noch weitere Ausbildungen absolviert. Dank der GGG-Didaktik ermöglichen wir es Ihnen, innerhalb der anderswo üblichen Ausbildungszeit in *Grunznichgut* durchaus drei oder sogar noch mehr Ausbildungen vollständig und erfolgreich zu durchlaufen. Dies liegt an dem einmaligen Konzept von *Grunznichgut*: Der GGG-Didaktik. Diese ist bereits wiederholt von der WILD Zeitschrift als die schillerndste Didaktik im Universum bejubelt worden."

Der Direktor hätte gerne mehr über *Grunznichgut* und die GGG-Didaktik geschwärmt, doch er unterließ es vorsichtshalber. In der Vergangenheit war er nämlich für seine allzu schwärmerischen Ausführungen über die Akademie und ihre Methoden vom Universum schwer gerügt worden. Einmal hatte er sogar vor einer Klasse gejubelt, dass die GGG-Didaktik von seinem Großvater erschaffen worden wäre. Wie wir bereits wissen, gehört das Erschaffen zu den ungesundesten Dingen überhaupt, die ein Lebewesen im Universum machen kann. Weil nämlich für das Erschaffen nur das Universum zuständig ist und Vergehen gegen dieses Gesetz fürchterlich und grausam bestraft werden. Daher sollte man auch besser nicht behaupten, dass irgendein Lebewesen irgendetwas erschaffen habe – unabhängig davon, ob dies der Wahrheit oder einem Wunschgedanken entspricht.

Der Direktor wechselte also schweren Herzens das Thema.

„Die Ausbildung zum Detektiv teilt sich in fünf Fachbereiche, wobei jedes Fach von einem anderen Lehrer gelehrt wird. Ich darf Ihnen nun die Fachbereiche und Ihre Lehrer vorstellen:

Für das Fach Ermittlungen: Frau Merzig.

Für das Fach Spurensuche und -sicherung: Herr Zickzack.

Für das Fach Observierungen: Herr Kalmer.

Für das Fach Berufskleidung: Frau Rondel.

Und für das Fach Prüfungspanik: Herr Nietsche.

Sie fangen nach der Mittagspause mit ihrer ersten Stunde in Observierungen an. Ich wünsche Ihnen viel Spaß. Der Erfolg ist selbstverständlich – dank der prächtigen, ja, schillernden GGG-Didaktik."

Draußen zog ein schweres Gewitter auf und es donnerte

fürchterlich, so dass es der Direktor vorzog, es bei diesem Schlusswort zu belassen.

Nachdem die Detektivklasse gemeinsam in der Kantine ihr Mittagessen eingenommen hatte, fand sie sich im Klassenraum von Herrn Kalmer ein, dem Lehrer für Observierungen. Herr Kalmer war ein Zweifach-Bratpfanne-Androide, den einst ein KI-Wissenschaftler[1] mit einem invertierten Gravitationsmotor auf Supraleiter-Basis und einer X34 der Firma JCN ausgerüstet hatte. Durch diesen monströsen Aufbau – das heißt eigentlich Unterbau – saßen die beiden Bratpfannen dermaßen weit oben, dass es sich angeboten hatte, sie zu Augen umzufunktionieren. Da es sich um Aluminiumpfannen handelte konnte Herr Kalmer auch im infrarotem und im ultravioletten Bereich sehen. Vielmehr noch, seine Augen deckten das gesamte elektromagnetische Spektrum ab. Damit gehörte er zu den wenigen Wesen, die gleichzeitig das 50 Herz Brummen in der Steckdose, das interstellare Hintergrundrauschen des Urknalls, das für Menschen sichtbare Licht sowie die kosmische Strahlung sehen konnte.

Die X34 der Firma JCN war so etwas wie ein biogenetischer Computer. Im wesentlichen wurde er für das Merken, Erinnern und Denken verwendet. Da die Entwickler der X34 sich vor allem auf diese 3 Aufgaben konzentriert hatten, hatte Herr Kalmer mit dem Sprechen etwas Probleme. Aber es reichte, um sich verständlich machen zu können. So zumindest die Behauptung der Firma JCN.

„Liebe Schüler", begrüßte Herr Kalmer seine Klasse, „wir fangen, tangen an, zangen heute mit der ersten Lehreinheit im Observieren an, an, an. Dabei rehen wir Tritt für Tritt, Tritt, Tritt vor und rangen mit einer seinfachen Runtergabe an."

Die Klasse schaute sich verwirrt an. Bestand die GGG-Methodik im Detektiv-Kurs darin, dass man schon beim Zuhören seinen Spürsinn für das Enträtseln kniffliger Dinge trimmen musste?

„Äh, entschuldigen Sie Herr Kalmer", meldete sich ein dicker Kugelbär, der offensichtlich vom Andromedar kam, zu Worte. „Was meinen Sie mit ,*Runtergabe*'?"

„Na klar doch Runtergabe", erwiderte Herr Kalmer verwun-

---

[1] KI steht für künstliche Intelligenz – also ganz grob das, was einen intelligenten Künstler ausmacht.

dert. Da ihn immer noch alle Gesichter und Hinterteile (die Kugelbären schauen mit ihrem Gesäß) ungläubig anstarrten, versuchte er es mit einer Erklärung:

„Runter, Sie wissen chon, etwas, etwas, etwas runter tun, so dass es höher liegt. Das geben, geben."

„Sie meinen, wir sollen etwas höher geben?", fragte ein Steppdecken-Agent mit Ziegenbart und langen Hippie-Haaren.

„Ja geben. Aber nicht höher, sondern runter, damit es hoch, hoch liegt. Oben drauf", versuchte sich Herr Kalmer verständlich zu machen.

„Also etwas oben drauf geben?", fragte Eduard.

„Ja, nichtig. Und jetzt das Substantiv", jubelte Herr Kalmer.

„Meinen Sie eine ‚*Aufgabe*'?", fragte der Kugelbär mit einem sehr zweifelnden Blick seines Hinterteils.

„Ja, nichtig. Eine Runtergabe."

Die Klasse schaute sich erneut verwirrt und zweifelnd an.

„Warum sagen Sie ‚Runtergabe', wenn Sie eine ‚Aufgabe' meinen?", fragte eine junge Dame.

„Ich sagte ‚Runtergabe', das ist, ist das, das richtige Wort. Ich meine ‚Runtergabe' rund sage ‚Runtergabe'!" Herrn Kalmer trat mächtig Schweiß auf die Stirn und er versuchte einen Schluck Wasser zu trinken, wobei er sich die Hälfte davon in die rechte Bratpfanne goss. Auf die Feinmotorik hatten die Entwickler von JCN auch nicht besonders viel Wert gelegt.

Derweil war der Klasse klar geworden, dass es mit der verbalen Kommunikationsfähigkeit bei Herrn Kalmer nicht besonders weit her war. Wenn er ‚Aufgabe' sagen wollte, dann sagte er ‚Runtergabe' und meinte, ‚Aufgabe' gesagt zu haben. Kein Problem, schließlich wollte man ja Detektiv werden.

Nachdem sich Herr Kalmer beruhigt hatte und die Taktfrequenz des X34 wieder unter 200 Gigahertz lag fuhr er fort.

„Wir rollen also mit einer seinfachen Runtergabe anfangen. Bitte rangen Sie an, den, die, den Klosterrasen zu observieren."

„Äh", meldete sich wieder ein Kursteilnehmer zu Wort, „was meinen Sie damit, dass wir den Klosterrasen *observieren* sollen?"

„Gut, gut, gut, Sie observieren", antwortete Herr Kalmer, „aber es heißt *den, die, den* Klosterrasen."

„Sie meinen mit observieren, dass wir ihn *beobachten* sollen, richtig?", fragte der Kursteilnehmer zur Sicherheit nochmals nach.

„Gut, gut, observieren. Ja, beabochten. Nichtig! Also rauf geht's. Wir lernen nicht für *Grunznichgut*, ja gut, sondern für's Leben. Rauf nach draußen mit Ihnen. Observieren Sie den, die, den Klosterrasen."

„Gibt es denn draußen einen Klosterrasen?", fragte Eduard.

„Reinen?", fragte Herr Kalmer lächelnd. „Hunderte gibt es. Nicht nur reinen. Als Detektiv müssen Sie lernen, schnell, schnell, sich gut zu verstecken, geduldig zu sein und zu warten."

„Worauf denn warten?"

„Na auf den, die, den Klosterrasen, nakünstlich. Und dann, wenn Sie da sind, observieren Sie ihn, ja gut. Ihre Runtergabe wird sein zu beabochten, wo er welche Geier versteckt."

Eigentlich hatten sich die Kursteilnehmer die GGG-Didaktik etwas anders vorgestellt. Stand nicht eines der ‚G' für stressfrei?

Nun, das ‚G' stand *nicht* für stressfrei, wie einer der Teilnehmer später, als er sich beim Direktor von Grunznichgut beschweren wollte, leidlich erfahren musste. Der Direktor erklärte – in nicht gerade stressminderndem Ton – dass das ‚G' für *geringen* Stress' steht, was lediglich eine Reduzierung des Stresses impliziere, nicht jedoch eine vollständige Kompensation. Ein bisschen Stress sei zum Lernen einfach notwendig, und er sollte sich nun endlich aus seinem Zimmer scheren.

Doch im Moment konzentrierte sich die Klasse auf die Geier, die im Klosterrasen versteckt werden sollten.

„Meinen Sie ‚verrecken' anstatt ‚verstecken'?", fragte der Kugelbär.

„Nein, wieso sollten die Geier verrecken? Was für ein Tödsinn."

„Meinen Sie ‚Eier' statt ‚Geier'?"

„Ja, ja, nichtig. Geier. Der, die, der Klosterrasen verstecken immer Geier und Sie rollen ihn dabei observieren!"

„Ach, Sie meinen den ‚*Osterhasen*'!", riefen gleichzeitig mehrere Kursteilnehmer.

„Ja, ja, nichtig. Den, die, den Klosterrasen sollen Sie observieren!"

„Es gibt überhaupt keinen Osterhasen", polterte ein Betaklon wütend.

„Aber wir haben doch gar nicht Ostern", meldete sich Eduard zu Wort. „Warum sollen wir *jetzt* rausgehen und auf den Osterhasen warten. Da warten wir ja Monate!"

„Richer!", lächelte Herr Kalmer. „Als Detektiv müssen Sie lernen, schnell, schnell, sich gut zu verstecken. Und vor allem geduldig zu sein und zu warten zu. Observieren ist nicht die Runst der Schnelligkeit. Sie müssen üben, lange, üben, lange, Geduld lernen."

„Aber wenn wir jetzt rausgehen und ein paar Monate auf den Osterhasen warten, dann ist der gesamte Detektiv-Kurs ja schon längst zu Ende!", gab der Kugelbär zu bedenken.

„Richer!", sagte Herr Kalmer, ohne sein Lächeln abzustellen. „Sie lernen Geduld lernen und haben viel Zeit zum Lernen. Prüfungsthema wird sein das Thema ‚Geduld'. Ich verrate Ihnen das, damit Sie wissen, wie Sie sich auf die Prüfung vorbereiten, reiten. Sie werden haben gelingen Stress und gelinge Durchfallquote. Das ist die GGG-Didaktik!"

„Und für was steht dann das dritte ‚G'?", fragte die junge Dame in durchaus vorwurfsvollem Ton.

„Für geringe Arbeit für mich, richer!", kicherte Herr Kalmer.

„Es gibt überhaupt keinen Osterhasen", polterte das Betaklon erneut und ziemlich laut. „Und ich fühle mich in meiner religiösen Weltanschauung massiv diskriminiert, wenn ich eine solche Aufgaben lösen soll!"

„Aber richer gibt es den, die, den Klosterrasen", sagte Herr Kalmer erstaunt.

„Das ist Blasphemie, wie können Sie es wagen!", rief das Betaklon empört und kochte vor Wut.

„Aber woher kommen denn dann die vielen Ostereier jedes Ostern?", gab der Kugelbär zu bedenken.

„Renau, die Ostergeier", rezitierte Herr Kalmer triumphierend, „renau das wollte ich auch gerade sagen, fragen, sagen!"

„So ein Quatsch", empörte sich das Betaklon weiter. „Was hat denn der Osterhase mit den Geiern – äh, mit den Eiern zu tun?"

„Willst du etwa sagen, dass es auch keine Ostereier gibt?", fragte die junge Dame.

„Natürlich gibt es Eier, aber das beweist doch gar nicht, dass es einen Osterhasen gibt!"

„Reinen?", meldete sich Herr Kalmer wieder zu Wort. „Hunderte gibt es. Nicht nur reinen."

„NEIN! KEINEN EINZIGEN!", schrie das Betaklon und verdoppelte dabei vor Wut sein Gewicht und seine Größe, so dass der Stuhl, auf dem es saß, bedrohlich ächzte.

„Also mich würde nun durchaus die Antwort auf die Frage interessieren, von wem denn dann die Ostereier kommen, wenn nicht vom Osterhasen", meinte der Steppdecken-Agent.

„Vielleicht gibt es ja einen imaginären Osterhasen" schlug die junge Dame vor.

„Oder es ist kein Oster*hase*, sondern eine Kloster*vase*, die Eier verteilt" überlegte der Kugelbär.

„Nichtig, nichtig", jubelte Herr Kalmer, „renau das wollte ich auch sagen, fragen, sagen! Es ist ein Klosterrasen. Sie müssen nur observieren und werden feststellen, legen, stellen ..."

Das Betaklon zischte wütend und verdoppelte nochmals sein Gewicht und seine Größe, worauf der Stuhl unter ihm zusammenbrach. Obwohl es nun auf dem Boden saß konnte auf Grund seiner vervierfachten Größe noch immer jeder seinen bedrohlich kochenden und hochroten Kopf sehen.

Eduard überlegte, ob er als Berichterstatter des Universums mit einem Tatsachenbericht über Ostern, Ostereier und Osterhasen in die Diskussion einsteigen sollte. Immerhin war er nach Grunznichgut gekommen um zu lernen, wie man Diebe fängt, und nicht um hitzige Diskussionen über die Existenz oder Nichtexistenz vom Osterhasen zu verfolgen. Aber er überlegte zu lange.

„Sie rüssen sich nicht aufregen, regen!", sagte Herr Kalmer zum Betaklon. „Denken Sie an die GGG-Didaktik. Viel Stress ist nicht notwendig. Ich schlage vor Sie gehen mit raus, auf, raus und lernen gut sich geduldig zu sein und zu warten. Observieren Sie und Sie werden dann den, die, den Klosterrasen sehen."

Mit hochrotem Kopf verdoppelte das Betaklon erneut sein Gewicht und seine Größe und drückte dabei die Kursteilnehmer, die direkt neben ihm saßen, samt ihrer Stühle und Tische zur Seite.

„So viel Stress nur wegen den, die, den Klosterrasen", sagte Herr Kalmer kopfschüttelnd.

„ES GIBT KEINE OSTERHASEN!", schrie das Betaklon, verdoppelte sich erneut und drückte die Tische, Stühle und Kursteilnehmer um sich herum noch weiter weg und dabei ineinander.

„Könnten wir die Worte Klosterrasen und Osterhase vielleicht für diese Stunde vermeiden" japste die junge Dame, die sich mit Eduards Tisch verkeilt hatte.

„Ja," stimmte der Kugelbär zu, „wir könnten uns darauf einigen, dass wir den Klosterrasen observieren. Ohne Ostern und ohne Eier. Wir beobachten einfach nur, ob wir ein paar Geier entdecken. Genau das hat doch auch Herr Kalmer auch gesagt, nicht wahr."

„Nicht doch, nicht gut. Ich sagte ,Klosterrasen' nicht ,Klosterrasen'. Klosterrasen gibt es, Sie werden sehen beim obser...."

Weiter kam Herr Kalmer nicht, denn das Betaklon verzehnfachte bei diesen Worten sein Gewicht und seine Größe, so dass nun sämtliche Kursteilnehmer, Tische, Stühle und auch Herr Kalmer verkeilt und an die Wände gedrückt wurden. Außerdem verdeckte es nunmehr fast alle Fenster, so dass es schummrig dunkel im Zimmer wurde.

„Kann mal jemand das Licht anmachten?", fragte jemand.

„Bis wann geht die Stunde im Observieren eigentlich?", fragte eine andere Stimme.

„Weiß jemand, wie man ein Betaklon schrumpft?"

„Vielleicht muss man *esahretsO* sagen", schlug jemand vor.

Aber das Betaklon rührte sich nicht und sagte auch nichts mehr.

„Rein Problem", krächzte Herr Kalmer, „wir lernen nun erst einmal, zweimal in Gruppe geduldig zu sein und zu warten. Observieren Sie das Betaklon."

„Wir könnten bestätigen, dass es *keinen* hm-hm-hm gibt, das müsste doch klappen, oder?", meldete sich eine Stimme zu Wort, die verdächtig nach dem Steppdecken-Agenten klang.

„Ich halte das für gefährlich, weil dann müssten wir wieder *hm-hm-hm* sagen, und das Betaklon ist sehr wortkarg geworden und scheint nur noch auf das *hm-hm-hm* zu reagieren, egal was man sagen will", erwiderte jemand.

„Worüber sprecht ihr eigentlich?"

„Na über *hm-hm-hm*!"

„Ach, rie meinen, seinen, meinen ...."

„Sein Sie still!", schrien viele Stimmen auf einmal.

„Wir könnten auch nochmals *hm-hm-hm* sagen. Dann sprengt das Betaklon die Mauern und wir wären befreit."

„Nachdem wir zerquetscht worden sind. Was für ein intelligenter Vorschlag."

„Ich glaube ich kann mich zur Tür vorarbeiten", rief der Kugelbär, der die ganze Zeit versucht hatte, sich zwischen Wand und Betaklon hindurch zur Tür vorzuarbeiten. Und tatsächlich hatte er es nach 10 Minuten bis zur Tür geschafft.

„Ich öffne nun die Tür", verkündete er. Er drückte die Klinke und stemmte sich gegen die Tür. Doch die Tür ging nicht nach außen, sondern nach innen auf. Also zog er und die Tür ließ sich etwas öffnen.

„Die Tür ist offen!", sagte er.

„Gut, observiert!", sagte die Stimme von Herrn Kalmer. „Sehen Sie Geier?"

Bei dieser Frage vergrößerte sich das Betaklon nochmals ein wenig, verdunkelte nun sämtliche Fenster und quetschte alle noch mehr an die Wand. Und den Kugelbär gegen die Tür.

„Die Tür ist wieder zu!", meldete der Kugelbär.

„Erlaubt die GGG-Didaktik eigentlich auch geringes lynchen?", fragte jemand.

„Ich schlage vor, dass wir einfach die Nacht abwarten und bis morgen früh gar nichts mehr sagen. Das ist genügend Zeit für das Betaklon, sich zu beruhigen. Und morgen früh, wenn wir aufwachen, ist es bestimmt schon ordentlich zusammengeschrumpft", schlug die Stimme der jungen Dame vor.

„Ja gut. Schlafen wir. Dunkel genug ist es ja."

„Wenn man sich mit den Händen und Füßen von der Wand weg in das Betaklon hinein drückt, ist es sogar richtig kuschelig."

„Ruhe jetzt! Kein weiteres Wort."

So machten es sich die Kursteilnehmer und Herr Kalmer so gut es ging gemütlich und dösten schließlich ein.

Das Universum fand es durchaus amüsant, wie sich die Detektiv-Klasse an das Betaklon kuschelte. Sicherlich, Betaklone haben eine samtweiche Fellhaut. Aber bislang war noch nie jemand auf die Idee gekommen, mit einem Betaklon zu kuscheln. Es gibt einfach Wesen im Universum, mit denen man nicht unbedingt kuschelt. Krokodile zum Beispiel. Oder eben auch Betaklone.

Und es war bisher auch noch nie jemand auf die Idee gekommen, dass ein Betaklon über Nacht schrumpfen könnte. Es gibt einfach Wesen im Universum, die nie schrumpfen – jedenfalls nicht von selbst. Krokodile zum Beispiel. Oder eben Betaklone.

Das Universum fragte sich, wie lange die Detektiv-Klasse wohl brauchen würde um herauszufinden, dass Betaklone nicht von selbst schrumpfen. Die Frage fand es durchaus interessant, ja sogar wichtig. Es überlegte eine Weile und kam dann zu der

Überzeugung, dass dies wohl die schillerndste Frage sei, die je im Universum gestellt worden war.

Dummerweise hatte die Frage nur einen Haken: Es gab da eine Sache, die wichtiger als die Beantwortung der Frage war. Nämlich, dass Eduard den Dieb des schwarzen Loches fangen würde. Eduard war aber zusammen mit der Detektiv-Klasse festgequetscht. Und festgequetscht konnte er den Dieb wohl kaum fangen.

Andererseits hatte Eduard festgequetscht reichlich Zeit und Gelegenheit, die Grunznichgut Akademie kennenzulernen. Um später von ihr ausführlich berichten zu können. Von einer der schönsten und farbenfrohesten Akademien im Universum. Eine Akademie mit einer geradezu schillernden Didaktik. Die, nebenbei bemerkt, übrigens *nicht* vom Großvater des Direktors erfunden worden war.

Aber den Dieb des schwarzen Loches zu fangen war dem Universum schließlich doch wichtiger. Es musste also wohl oder übel auf die Beantwortung der schillerndsten Frage aller Zeiten verzichten und auch darauf, dass Eduard die Akademie in aller Ausführlichkeit und Gründlichkeit kennenlernen würde. Statt dessen musste dafür gesorgt werden, dass die Detektiv-Klasse befreit wurde. Also schickte das Universum einen Sonderbeauftragten nach Grunznichgut und stattete ihn mit der Lizenz zum Befreien aus.

Mit der Lizenz zum Befreien ist man nicht ganz so gut ausgerüstet wie mit der Lizenz zum Verhaften, aber es ist doch auch eine recht außergewöhnliche Befugnis, mit der man da ausgestattet ist. In der Vergangenheit hatte das Universum die Lizenz zum Befreien recht freizügig an verschiedene Lebewesen vergeben, doch es hatte feststellen müssen, dass etliche die ihnen so zugeteilte Macht dazu missbraucht hatten, um sich von der Zahlungspflicht an Tankstellen zu befreien. Die einzigen Wesen, von denen man wirklich behaupten konnte, dass sie verantwortungsvoll und moralisch korrekt mit der Lizenz umgingen, waren die Tatanteln von der Jívaro-Galaxie gewesen. Aus diesem Grund vergab das Universum die Lizenz zum Befreien nunmehr nur noch an Tatanteln.

Die Tatanteln waren ursprünglich Riesen gewesen, die so groß waren, dass sie sich bereits im Kindesalter ständig den Kopf an Baukränen oder an nach außen geöffneten Fenstern von Wolkenkratzer stießen. Und im Erwachsenenalter stießen sie sich ihre Köpfe an tief fliegenden Flugzeugen, was zu Beulen auf den Beulen führte. Daher spezialisierten sich die Tatanteln auf das Schrumpfen von Gegenständen. Zunächst schrumpften sie ihre Beulen ein. Später entdeckten sie jedoch, dass es durchaus schmerzfreier und sinnvoller war, sich selbst einzuschrumpfen, weil sie so erst gar keine Beulen bekamen. Zumindest so lange nicht, bis sie auf die Idee kamen, auch die Baukräne und Wolkenkratzer einzuschrumpfen.

Das Universum schickte also einen Tatantel als Sonderbeauftragten nach Grunznichgut, ausgestattet mit der Lizenz zum Befreien und dem Auftrag, die Detektiv-Klasse aus ihrer misslichen Lage zu erlösen. Am nächsten Morgen traf der Tatantel in Grunznichgut ein und suchte als Erstes den Direktor auf, um ihn über die aktuelle Lage und seinen Auftrag zu unterrichten.

„Seien Sie gegrüßt, Herr Direktor", begrüßte der Tatantel den Direktor.

„Einen recht schönen Guten Tag. Sie wollen also einen Kurs auf Grunznichgut belegen?", grüßte der Direktor zurück.

„Nein. Ich bin beauftragt Ihre Detektiv-Klasse zu befreien, hugh!"

„Meine Detektiv-Klasse?", lächelte der Direktor. „Warum wollen Sie die denn befreien? Und von *wem* wollen Sie die befreien?"

„Nun, Ihre Detektiv-Klasse ist von einem aufgeblähten Betaklon eingequetscht und kann sich nicht aus ihrem Klassenzimmer entfernen", antwortete der Tatantel.

„Ha, ha. Das ist gut, guter Tatantel, das ist wirklich gut, ha, ha! Aber mal im Ernst, das kann gar nicht sein. Wir haben nämlich kein Betaklon in unserer Detektiv-Klasse. Einen Moment – ich zeig' es Ihnen."

Der Direktor holte ein dickliches Buch aus einem der Regale hinter sich, schlug es auf und blätterte studierend durch die Seiten.

„Ah, da haben wir Sie, unsere jetzige Detektiv-Klasse. So, hier ist die Teilnehmerliste – und wie Sie sehen ist ..." Der Direktor blickte entsetzt auf und schaute den Tatantel an. Dann schaute er wieder in das Buch und las mit bleichem Gesicht: „ein – Betaklon!"

„Hugh!", bestätigte der Tatantel.

„Oh Gott, meine Klasse. Der Klassenraum! Das Inventar! Die Fensterscheiben! Das Betaklon wird alles zertrümmern. Wer wird das bezahlen?"

„Und die Kursteilnehmer!", gab der Tatantel zu bedenken.

„Ja, ja, die natürlich auch; sicherlich", jammerte der Direktor, „aber der Rest. Mein Lehrer! Wissen Sie wie schwer es heutzutage ist, gute Lehrer zu bekommen? Ich meine nicht irgendwelche Lehrer, sondern wirklich gute Lehrer. ‚G' wie ‚gut'! Lehrer, die die GGG-Didaktik beherrschen. Oh je. Oh je oh je!"

Auf die Hilfe des Direktors brauchte man nicht zu bauen, das war dem Tatantel gerade klar geworden.

„Frau Shrimps!", rief der Direktor hysterisch nach seiner Sekretärin und eilte aus dem Zimmer. „Frau Shri-himps! Wo sind Sie denn ..."

Mehr war nicht mehr zu hören, da er in einem seiner vielen Vorzimmer verschwunden war und verzweifelt seine Sekretärin suchte.

Der Tatantel schnappte seine schweren Taschen mit seiner Ausrüstung und machte sich auf die Suche nach dem Klassenzimmer mit dem aufgeblähten Betaklon. Langsam schritt er die Korridore entlang und horchte an jeder Tür. Wenn er etwas Verdächtiges hörte, oder auch wenn er verdächtig wenig hörte, dann klopfte er leise an, öffnete die Tür vorsichtig und spähte kurz in das Klassenzimmer. So schritt er von Klassenzimmer zu Klassenzimmer, bis er erneut an eine Tür kam, hinter der es verdächtig ruhig war. Er klopfte an und versuchte die Tür zu öffnen, was aber nicht ging. Geschwind bestäubte er die Türklinke mit rötlichem Sand und jammerte ein Beschwörungslied. Dann zündete er eine heilige Pfeife an und weihräucherte die Tür und die Wand rechts und links neben der Tür. Darauf lief er zum Treppenhaus, ging ein Stockwerk höher und dort den Korridor zurück in die Richtung des beweihräucherten Klassenzimmers. An der ungefähren Stelle setzte er die heilige Pfeife an sein Ohr und lauschte, ob er den Weihrauch unter sich riechen würde. Die heilige Pfeife übersetzte dabei die Sinneseindrücke seiner Nase in leise tuschelnde Worte.

Langsam schritt er den Korridor auf und ab, lauschte der heiligen Pfeife und manövrierte sich so exakt über das verdächtige Klassenzimmer ein Stockwerk tiefer. An dieser Stelle nahm er die heilige Pfeife runter, schaute auf und ging zu der Tür des Raums, vor dem er angelangt war. Er klopfte an, öffnete die Tür und trat ein.

In der Klasse wurde Mathematik oder etwas Ähnliches unterrichtet. Ungefähr 10 Kursteilnehmer saßen an ihren Bänken und vorne stand eine Lehrerin, die gerade wüste Formeln an die Tafel schrieb.

„Seien Sie gegrüßt!", sagte der Tatantel. „Ich habe die Lizenz zum Befreien. Bitte räumen Sie den Raum. Die Klasse unter Ihnen muss befreit werden."

Die Lehrerin und die Kursteilnehmer schauten den Tatantel verdutzt an, machten aber keine Anstalten den Raum zu verlassen.

„Dies ist keine Übung, hugh!", ermahnte der Tatantel.

Wie von einer Tarantel gestochen sprangen alle auf und rannten zur Tür hinaus. Nicht unbedingt in geordneter Formation, und garantiert nicht ruhig. ‚Panik' würde die Stimmungslage vermutlich besser beschreiben.

Nachdem der Klassenraum leer geworden war räumte der Tatantel sämtliche Tische und Stühle, die in der Mitte des Raums standen, zur Seite, holte erneut roten Sand aus einem seiner Beutel und streute damit einen Kreis mit einem Durchmesser von ungefähr einem Meter auf dem Boden. Dann stieß er erneut ein Beschwörungslied an und tanzte um den Kreis. Bevor ihm schwindelig zu werden drohte, beendete der Tatantel seinen Tanz und holte aus seinem Rucksack vorsichtig eine kleine gläserne Ampulle mit einer grünen Flüssigkeit, die effekthascherisch brodelte und dampfte – die Schrumpftinktur. Vorsichtig stellte er die Ampulle neben den Kreis aus rotem Sand.

Nicht ganz so vorsichtig holte er nun aus der großen Tasche einen Presslufthammer und begann den Fußboden entlang des Kreises aufzustemmen. Durch die Vibrationen hüpfte die Ampulle mit der Schrumpftinktur bedrohlich herum und brodelte noch effekthascherischer, ja geradezu schillernd, wie die Schrumpftinktur selbst der Meinung war. Voller Stolz schwillte die Schrumpftinktur an und drohte den Pfropfen der Ampulle herauszusprengen.

Derweil hatte der Tatantel den Kreis mit dem Presslufthammer vollständig bearbeitet, so dass er nun mit lautem Getöse in das Klassenzimmer unter sich herabstürzte. Ohne lange zu zögern schnappte der Tatantel die Ampulle und sprang mit lautem

Geschrei dem Fußbodenkreis durch das entstandene Loch hinterher. Noch im Flug riss er den Pfropfen von der Ampulle, drehte die Ampulle um und goss die Schrumpftinktur aus. Dabei spreizte er die Beine, damit er sich nicht selbst traf.

In dieser Stellung (Beine gespreizt, Mund zum Schrei geöffnet, Ampulle geöffnet und umgedreht) landete er auf dem Fußbodenkreis, der auf dem Boden des unteren Klassenzimmers aufgeschlagen war. Während der Fußbodenkreis unter ihm zu schrumpfen begann, schaute sich der Tatantel langsam um. Das Klassenzimmer war leer. Sehr leer sogar. Keine Tische, keine Stühle, keine Kursteilnehmer. Und auch kein Betaklon. An den Wänden standen mehrere Kartons mit Tapeten sowie Tapetenkleister und einige Eimer Farbe. In einer Ecke stand eine Leiter sowie ein Tapeziertisch, auf dem eine Schere, ein paar Stifte sowie Pinsel und Farbrollen lagen. Offensichtlich wurde dieser Raum renoviert. Vermutlich war er abgeschlossen. Möglicher Weise war hier noch nie ein Betaklon gewesen. Aber wer wollte das schon mit Gewissheit sagen können?

Der Tatantel schnappte sich den inzwischen zur Handgröße zusammengeschrumpften Fußbodenkreis und steckte ihn ein. Dann nahm er die Leiter, kletterte mit ihrer Hilfe durch das Loch in der Decke zurück in den darüber liegenden Raum und schubste von dort aus die Leiter zurück in die Ecke, in der sie gestanden hatte. Schnell packte er alle seine Sachen wieder ein und schrumpfte schließlich den roten Sand, der noch immer um das Loch im Boden herum verstreut lag, mit einer weiteren Ampulle Schrumpftinktur zu Staub zusammen. Dann verließ er das Klassenzimmer.

Langsam schritt der Tatantel wieder die Korridore entlang und lauschte an den Türen der Klassenzimmer. Es dauerte nicht lange bis er das nächste verdächtige Klassenzimmer erreicht hatte. Leises Jammern drang nach außen, und die Tür ließ sich trotz wiederholten Klopfen nicht öffnen.

Geschwind und routiniert wiederholte der Tatantel seine Befreiungsaktion: Türklinke mit rötlichem Sand bestäuben und Beschwörungslied jammern. Heilige Pfeife anzünden, Tür und Wand beweihräuchern, ein Stockwerk höher gehen und sich von der heiligen Pfeife zum richtigen Ort dirigieren lassen. Anklopfen, eintreten, Klasse erschrecken und Panik beobachten. Mitte des Raums freiräumen, Kreis mit rotem Sand ziehen, Ampulle mit Schrumpftinktur daneben stellen und die Schrumpftinktur glauben lassen, dass sie bedrohlich aussieht und dass sich die Leser ausschließlich auf sie konzentrieren. Derweil mit Presslufthammer Loch in den Boden schlagen.

Als er den letzten Stein durchtrennt hatte stürzte der Fußbodenkreis wieder herab, allerdings nur ca. 30 Zentimeter. Dann traf er auf irgendeinen Widerstand und rutschte etwas zur Seite. Der Tatantel schnappte sich die Ampulle, riss den Pfropfen heraus und stieß den Fußbodenkreis mit seinem Fuß zur Seite. Unter ihm kam die samtweiche Fellhaut eines aufgeblähten Betaklons zum Vorschein. Der Tatantel sprang auf das Betaklon, dreht noch im Flug die Ampulle um und goss die Schrumpftinktur auf das Betaklon. Und das alles natürlich mit lautem Geschrei und gespreizten Beinen.

Das Betaklon grunzte laut und begann zu schrumpfen.

Hatten Sie etwa was anderes erwartet?

An dieser Stelle müssen wir das Kapitel nun leider beenden, da unsere Berechnungen ergeben haben, dass dieses Kapitel nicht länger als 4492 Worte sein sollte. Und dies ist nach genau sechs Worten erreicht! Drei, Zwei, Eins, Ende.

12. Kapitel

Die Einhundert-Tausend-Sterne Show

Wie Sie spätestens jetzt erkannt haben sollten, halten Sie ein Buch in der Hand, das mit akademischer Präzision und nach neuesten wissenschaftlichen Erkenntnissen erstellt worden ist. Natürlich könnte man die Länge eines Kapitels willkürlich oder nach der Tagesform oder nach dem Inhalt oder nach sonst irgendeiner Belanglosigkeit auswählen. Aber dann wäre ihre Empfangsbereitschaft unter- oder überstimuliert und Sie könnten sich an höchstens die Hälfte des Gelesenen erinnern. Um dies zu verhindern wurde für jedes einzelne Kapitel die optimale Anzahl an Wörtern und Sätzen mit Hilfe von hoch komplexen Programmen auf äußert rechenstarken Computerclustern berechnet und der Text nach diesen Ergebnissen gestaltet. Sie sehen: Ich habe keine Mühen gescheut, um Ihnen, liebe Leser, ein optimales Lese-Erlebnis zu ermöglichen.

Doch zurück zu den Ereignissen.

Nach ihrer Befreiung durch den Tatantel hatten die Teilnehmer des Detektivkurses einen Tag frei, um sich zu erholen. Eduard fuhr zu einer der berühmten Cocktailbars in der E306 Galaxie, wo er zufällig Tschita traf, die ihm begeistert erzählte, dass sie zur Einhundert-Tausend-Sterne Show eingeladen sei.

„Zur Einhundert-Tausend-Sterne Show? Was ist das?", fragte Eduard unwissend.

„Das ist *die* Unterhaltungsshow schlecht hin im Universum! – Sagt man jedenfalls", antwortete Tschita.

„Aha. Das heißt, du weißt gar nicht, ob sie wirklich gut ist", stellte Eduard fest.

„Nein. Ich meine, ich hatte noch nie Zeit eine Unterhaltungsshow anzuschauen, von daher kann ich es auch nicht beurteilen. Aber jeder im Universum sagt, dass diese Show sagenhaft sei. Und ich bin eingeladen! Und jetzt kommt's: Ich bin nicht als Gast eingeladen, sondern als Kandidatin!"

„Oha! Das ist ja wirklich was Besonderes."

„Ja. Komm doch mit und schau dir die Show an."

Eduard willigte ein. Er hielt zwar nicht besonders viel von Shows, aber das war immer noch besser als alleine in einer Bar zu hocken. Tschita winkte dem Kellner, um zu bezahlen. Da schoss Eduard unversehens Dr. Rembold durch den Kopf.

„Bietet Ihre Bar eigentlich auch eine Undo-Funktion an?", fragte Eduard den Kellner, als dieser zum Kassieren kam.

„Aber ja doch. Wenn Sie lieber einen anderen Drink hätten? Einen Moment bitte", sagte der Kellner, verschwand und kam schließlich mit einem Terminal auf einem Rollwagen zurück.

„Wenn Sie bitte den gelben Knopf drücken und danach Ihre neue Bestellung eintippen würden", instruierte der Kellner.

Eduard drückte den gelben Knopf, worauf ‚*Bitte warten*' im Display des Terminals angezeigt wurde. Nach ein paar Sekunden wurde ein neuer Text angezeigt:

Bitte tippen Sie Ihre neue Bestellung ein. Wenn Sie keine neue Bestellung wünschen, drücken Sie bitte den blauen ‚Cancel' Knopf.

Eduard drückte den blauen Cancel Knopf. Darauf ging eine Schiebetür im Rollwagen auf, und eine große, blecherne Schüssel wurde herausgefahren. Mit festem Griff nahm der Kellner Eduards Kopf, drückte ihn nach hinten und hielt seine Nase zu, so dass Eduard unweigerlich den Mund öffnete, um weiter atmen zu können. Der Kellner schüttete Eduard ein paar Tropfen einer ekligen Flüssigkeit in den Mund und ließ Eduard wieder los. Eduard drehte sich der Magen um. Das war zweifelsohne die ekeligste Flüssigkeit, die er je gerochen hatte. Und nun war sie in seinem Mund. Und gleich in seinem Magen. Der sich gerade umdrehte. Eduard würgte und entleerte schließlich seinen Mageninhalt in die blecherne Schüssel. Die Schüssel wurde zurück in den Rollwagen gefahren und die Tür schloss sich, während der Kellner Eduard eine Serviette reichte. Dann kassierte er von beiden das Geld, bedankte sich freundlich für den Besuch und trottete mit dem Rollwagen davon.

Tschita sah Eduard mit großen Augen an.

„Guck nicht so, ich hab's mir auch anders vorgestellt", sagte Eduard und musste nochmals würgen. Irgendwie hatte er gedacht, dass er an einen kostenlosen Drink kommen würde. Bei Dr. Rembold hatte das doch auch so geklappt. Vielleicht, überlegte Eduard, hätte er erst nach dem Bezahlen nach der Undo-Funktion fragen sollen. Aber nach der Erfahrung, die er gerade gemacht hatte, wollte er lieber keine weiteren Versuche mit Undo-Funktionen machen. Weder in dieser Bar, noch in einer anderen Bar, noch überhaupt irgendwo.

Die beiden machten sich auf zur Einhundert-Tausend-Sterne Show, wo Tschita sofort in Empfang genommen und in die Maske entführt wurde. Eduard besorgte sich währenddessen eine Eintrittskarte. Da es noch ungefähr zwei Stunden bis zum Beginn der Show dauerte, suchte er ein Reformhaus auf und kaufte sich ein Intergalaktikum.

Ein Intergalaktikum ist eigentlich ein Abführmittel für den Darm von Baumkrokodilen. Da das Universum beim Erschaffen dieser Wesen etwas durcheinander gewesen war, hatte es bei den Organen einiges vertauscht. So pumpt beispielsweise das Herz kein Blut, sondern Luft, die Leber atmet das Blut, während die Lunge herumlungert und gar nichts macht. Jedenfalls nichts lebenswichtiges. Mit den anderen Organen sieht es nicht anders aus. Die Blase übernimmt etwa das Sehen und jammert ständig, das doch endlich jemand das Licht anmachen möge. Und an der Stelle, wo eigentlich der Magen sein sollte, hat sich der Darm breit gemacht, und der Enddarm führt nicht zum After, sondern zum Mund.

Dieser Körperaufbau führt bei den Baumkrokodilen verhältnismäßig häufig zu Verstopfungen. Der Mund schluckt frisches Essen und der Darm ... – nun, mit den obigen Erklärungen können sie sich sicher ausmalen was passiert, wenn Mund und Darm eines Baumkrokodiles gleichzeitig arbeiten. Auf eine ausführliche Schilderung kann hier wohl verzichtet werden.

Zur Schlichtung solcher Verklemmungen hatte die Pharmaindustrie das Intergalaktikum entwickelt. Zur allgemeinen Überraschung fand man später heraus, dass das Intergalaktikum allen Lebewesen mit einem regulären Organaufbau bei schweren Magenverstimmungen oder auch nach exzessiven Erbrechen hilft.

Eduard nahm also das Intergalaktikum ein und ging noch einen Happen essen, bevor er sich zur Einhundert-Tausend-Sterne Show begab. Der Saal war bereits gut gefüllt als Eduard Platz nahm. Während die Zuschauer auf den Beginn der Show warteten, brachten zwei magellansche Wolken unerschöpflich Zahlen auf die Bühne.

Schließlich wurde es dunkler im Saal, ein Spotlight ging an und richtete sich auf die breite Treppe, die von hinten, durch die Zuschauer hindurch, nach vorne auf die riesige Bühne hinunter führte. Oben an der Treppe erschien ein hünenhaftes Wesen: Der Große Wagen. Der Moderator der Show, wie Eduard von den Plakaten her wusste.

„Herzlich willkommen", rief der Große Wagen in sein Mikrofon, während er langsam die Treppe herunter stieg, „zur: Einhundert – Tausend – Sterne Show!!"

Das Publikum tobte und spendete minutenlang Applaus.

„Danke, danke", rief der Große Wagen, „vielen Dank – verehrtes Publikum – danke! Danke! – Verehrtes Publikum, uns erwartet diesmal eine sensationelle Show. Begrüßen Sie daher mit mir unseren ersten Gast – Frau – Tschita – Gonzales! Herzlich willkommen!"

Das Publikum applaudierte begeistert, während Tschita die Treppe herunter gestoßen wurde und unten auf der Bühne zwangsläufig dem Großen Wagen in die Arme lief.

„Hallo Tschita! Ich darf doch Tschita zu dir sagen, nicht wahr? Also, Tschita, sieh' dir das einmal an."

Der Große Wagen ergriff mit seiner Linken Tschitas Hand und ließ seine rechte Hand genüsslich über die volle Breite der Bühne gleiten, die von den zwei magellanschen Wolken inzwischen knöchelhoch mit Zahlen angefüllt worden war.

„Ist das nicht eine Pracht? Hast du jemals so viele, wunderschöne Zahlen gesehen?"

Tschita schüttelte stumm den Kopf. Sie hatte sich eine etwas andere Show vorgestellt. Um genau zu sein, hatte sie sich eine gänzlich andere Show vorgestellt. Eduard sah an ihrem Blick, dass sie sich ziemlich unwohl fühlte. Aber das Publikum interpretierte ihren Blick als überwältigtes Staunen und klatschte begeistert.

„Und soll ich dir etwas verraten?", fragte der Große Wagen, blickte dabei fragend ins Publikum und dann wieder auf Tschita. „Ich sag' dir was: Diese Zahlen können alle ... dir gehören!"

Das Publikum applaudierte stürmisch.

„Was sagst du dazu?", fragte der Große Wagen und strahlte ins Publikum.

Tschita lächelte qualvoll und sagte: „Toll."

„Du hast da nur ein kleines Problem, Tschita", fuhr der Große Wagen fort. „Da ist noch jemand, der alle diese Zahlen auch gern hätte. Und er wird sie dir nicht freiwillig überlassen."

Der große Wagen schwieg und ein Geraune ging durch das Publikum. Schließlich ließ der Große Wagen Tschitas Hand los und wandte sich dem Publikum zu.

„Nun. Tschitas Gegenspieler wird kein Geringerer sein, als der Sieger der letzten *drei* Einhundert – Tausend – Sterne Shows! – Herr – Salvatore – Turban!"

Das Publikum tobte. Minutenlang spendete es ohrenbetäubenden Applaus, während Herr Turban majestätischen Schrittes die Treppe zur Bühne herunter stolzierte und dabei mit beiden Händen ins Publikum grüßte.

„Hallo Salvatore. Herzlich willkommen!", begrüßte ihn der Große Wagen.

„Mensch Großer Wagen, das ist wirklich eine tolle Show. Ich fühle mich wirklich toll!", grüßte Salvatore zurück.

Das Applaus-Schild war schon längst erloschen, doch das Publikum applaudierte stürmisch weiter.

„Genug, genug", rief der Große Wagen und wischte sich den Schweiß von der Stirne. Nachdem das Publikum endlich zur Ruhe gekommen war, atmete er tief durch.

„Puh. Sie sind großartig! – Vielen Dank! – Salvatore, darf ich dir jemanden vorstellen. Deine heutige Gegnerin. Da drüben steht sie – Tschita!"

Salvatore ging auf Tschita zu und schüttelte ihr begeistert die Hand. Währenddessen kamen aus dem Hintergrund der Bühne zwei rote Sessel hervor gefahren, auf denen Tschita und Salvatore von den beiden magellanschen Wolken plaziert wurden. Der Große Wagen stellte sich von hinten zwischen die beiden und wandte sich erneut an das Publikum.

„Nun, zunächst will ich nochmals die Spielregeln erklären, da sie ja doch recht kompliziert sind. Unsere beiden Kandidaten werden in fünf Runden versuchen, die hier auf dem Boden verteilten Zahlen zu gewinnen. Dabei können sie nur Alles oder Nichts gewinnen. Wer in drei Runden gewonnen hat und zwei Runden verloren hat, der kann zwar alles gewinnen, aber er kann nicht zwei fünftel verlieren. Es geht also um Alles oder Nichts!"

Das Publikum applaudierte und der Große Wagen wartete genüsslich.

„In der ersten Runde werden die beiden versuchen, Zahlen zu erraten. Der Gewinner dieser Runde erbaut sich nicht nur einen Punktevorsprung gegenüber seinem Gegner, sondern er gewinnt zusätzlich ein 5 kg Quark Paket der Firma – Milchwege!"

Das Publikum jubelte erneut.

„Kleiner Tipp. Achtet beim Verzehr auf das Verfallsdatum."

Der Große Wagen lachte, und das Publikum lachte mit ihm.

Nachdem sie sich wieder beruhigt hatten kamen die zwei magellanschen Wolken und gaben Tschita und Salvatore je eine rote und eine blaue Tafel sowie ein Stück Kreide. Danach ergriff der Große Wagen erneut das Wort.

„Ihr beiden müsst nun raten, welche Zahlen hier wohl auf der Bühne liegen könnten. Ihr überlegt euch *eine* Zahl von der ihr glaubt, dass sie auf der Bühne liegt. Diese schreibt ihr auf die *blaue* Tafel. Dann überlegt ihr euch, welche Zahl wohl euer Gegner auf seine blaue Tafel geschrieben haben könnte. Diese Zahl schreibt ihr auf eure *rote* Tafel. Derjenige, der die größere Zahl auf seiner *roten* Tafel stehen hat, der hat die erste Runde gewonnen und erhält so viele Punkte, wie auf seiner *blauen* Tafel stehen.

Sollte die Zahl, die auf der blauen Tafel steht, tatsächlich auf der Bühne vorkommen, so verdoppelt sich sogar die Punktzahl! Kann der Gewinner zusätzlich erraten, wie schwer dieses Quarkpaket ist", dabei deutete er auf eine Quarkpackung der Firma

Milchwege, die von den zwei magellanschen Wolken auf einem silbernen Tablett über die Bühne getragen wurde, „dann *verdreifacht* sich sogar die Punktzahl."

Ein erstauntes Raunen ging durch das Publikum, um gleich darauf wieder zu verstummen, um den weiteren Worten des Großen Wagens folgen zu können.

„Dann wollen wir mit der ersten Runde beginnen."

„Äh – eine Frage noch", meldete sich Tschita leise zu Wort.

„Ja, Tschita?", fragte der Große Wagen und lächelte sie breit an.

„Was ist, wenn ich auf meiner roten Tafel die größte Zahl stehen habe, die Zahl auf meiner blauen Tafel auf der Bühne nicht vorkommt, ich aber das Gewicht des Quarks richtig schätze. Verdoppelt sich dann meine Punktzahl, oder verdreifacht sie sich, oder darf ich erst gar nicht schätzen?"

Der Große Wagen schaute verwirrt auf Tschita.

„Du meinst – äh – wie soll das gehen?"

„Nun, meine Zahl auf der roten Tafel ist größer als Salvatores rote Zahl. Damit habe ich gewonnen. Wenn nun meine Zahl auf der blauen Tafel auf der Bühne aber *nicht* vorkommt, wird mein Gewinn auch *nicht* verdoppelt. Ich könnte aber dennoch das Gewicht des Quarks richtig schätzen. Was passiert dann?"

Der Große Wagen schwieg verdutzt, und das Publikum schwieg verdutzt mit ihm.

„Äh, ja. Ich glaube, dieser Fall ist noch nie vorgekommen", sagte schließlich der Große Wagen, während das Publikum peinlich berührt weiter schwieg. Doch dann kam dem Großen Wagen ein großartige Idee und seine Miene hellte sich auf.

„Nun, sollte wider Erwarten dieser Fall eintreten, so werde ich mit Hilfe dieses fantastischen Publikums eine gerechte Lösung finden, nicht wahr?"

Da konnte das Publikum nicht anderes, es musste einfach jubeln.

„Nun darf ich die Kandidaten bitten, zunächst jeweils eine Zahl auf die blaue Tafel zu schreiben."

Bevor die Zuschauer auch nur den Hauch einer Chance hatten, den beiden Kandidaten wenigstens eine einzige Zahl zuzurufen, hatte Tschita bereits eine Zahl auf ihre Tafel gekritzelt und schaute gespannt auf den Großen Wagen. Das Publikum rief derweil Salvatore verschiedene Zahlen zu, und dieser versuchte verzweifelt eine günstige, möglicherweise richtige Zahl herauszuhören. Zwischenzeitlich ebbten die Zurufe aus dem Publikum ab und nahmen wieder zu. Salvatore legte gestresst die Stirn in Falten, entschied sich dann aber schließlich doch noch für einen Zuruf und schrieb eine Zahl auf seine blaue Tafel.

„Wundervoll!", rief der große Wagen begeistert. „Sind sie nicht fantastisch? Ich bin begeistert! Nun bitte ich die Kandidaten zu überlegen, welche Zahl wohl der Gegner auf seine blaue Tafel geschrieben haben könnte. Diese schreibt ihr auf eure rote Tafel."

Tschita schrieb eine Zahl auf ihre rote Tafel, während Salvatore wieder versuchte, eine gute Zahl aus den Zurufen des Publikums herauszufinden. Nach ungefähr einer Minute schrieb auch er eine Zahl auf seine rote Tafel.

„Sie sind grandios, nicht wahr?", Der Große Wagen und das Publikum applaudierten begeistert.

„Und jetzt wird es spannend", flüsterte der Große Wagen in sein Mikrofon. „Salvatore. Was hast du auf deine blaue Tafel geschrieben?"

Salvatore nahm seine blaue Tafel, drehte sie um und rief strahlend die Zahl ins Publikum, die auf seiner Tafel stand: „54!"

Das Publikum applaudierte ausgiebig.

„Und du, Tschita? Was hast du auf deine blaue Tafel geschrieben?"

Tschita zeigte ihre blaue Tafel und sagte: „Minus Sieben?"

Das Publikum schrie auf. Der Große Wagen schlug die Hände über dem Kopf zusammen und seine Knie wurden ganz weich.

„Nein!", schrie ein Zuschauer.

„Sie hat eine NEGATIVE Zahl genannt. Eine NEGATIVE Zahl!", schrie ein weiterer Zuschauer.

Der Große Wagen stand bleich da und brachte kein Wort heraus. Derweil ertönten weitere Rufe aus dem Publikum.

„Buh!"

„Wer hat die eingeladen?"

„Mir wird schlecht!"

„Wo ist der Notausgang"

„Hat jemand ein Intergalaktikum?"

„Schmeißt sie von der Bühne"

Tschita schaute verdutzt ins Publikum und dann auf Salvatore, der sich voller Ekel von ihr abwandte. Sie war sich keiner Schuld bewusst.

Schließlich sammelte sich der Große Wagen und versuchte das Publikum mit einem gequälten Lächeln und ausgestreckten Händen wieder in den Griff zu bekommen. Als er es halbwegs geschafft hatte, wandte er sich Tschita zu.

„Nun, wir dachten wohl alle, dass du das wissen würdest. Hier auf der Bühne liegen keine negativen Zahlen. Die mögen wir nämlich nicht allzu gerne."

„Ach so", sagte Tschita, „dann nehme ich halt eine andere Zahl. Die Null."

Bevor jemand etwas sagen konnte hatte Tschita schon die „–7" weggewischt und eine große Null auf ihre blaue Tafel geschrieben. Das Publikum stöhnte auf und der Große Wagen verdrehte die Augen.

„Nun, hier auf der Bühne liegen nur positive Zahlen. Also auch keine Null."

„Oh", sagte Tschita und wischte auch die Null von ihrer blauen Tafel, um eine neue Zahl darauf zu schreiben.

„Nein, so geht das nicht", beschwerte sich Salvatore, der zuviel bekam. „Sie weiß längst, welche Zahl ich auf meine Tafel geschrieben habe, und schreibt ständig neue Zahlen auf. Das ist nicht fair!"

„Jawohl", rief jemand aus dem Publikum.

„Sie hatte Zeit genug gehabt!", stimmte ein weiterer bei.

„Die Spielregeln gelten auch für sie."

Der Große Wagen überlegte kurz. So eine Show hatte er noch nie erlebt. Da lief aber auch alles schief. Er musste schnellstens wieder die Gewalt über das Publikum bekommen, sonst würden die Einschaltquoten sinken.

„Salvatore hat völlig recht, Tschita. Du hast wohl nicht gewusst, dass du keine negative Zahlen benutzen darfst. Aber du hast deine Chance gehabt. Die Null zählt, auch wenn sie nicht auf der Bühne vorkommt."

Tschita nickte stumm und schrieb wieder eine Null auf ihre blaue Tafel.

„Und nun", fuhr der Große Wagen schwer atmend fort, „lieber Salvatore. Das Publikum ist schon ganz rasend vor Neugier. Was glaubst du hat Tschita auf ihre blaue Tafel geschrieben – was hast du auf deine rote Tafel geschrieben?"

Salvatore drehte theatralisch seine rote Tafel um, stand auf, und rief laut „185!"

„Das ist ja großartig!", jubelte der Große Wagen zusammen mit dem Publikum. „Das ist super mutig. Ich glaube, wir hatte noch nie eine *so hoch* veranschlagte Zahl in der Einhundert-Tausend-Sternen Show gehabt. Ich bin überwältigt! Salvatore – das ist eine ganz tolle Zahl, die du da aufgeschrieben hast. Wirklich!"

Salvatore verbeugte sich und hob siegesgewiss seine sich haltende Hände über seinen Kopf. Der Große Wagen ließ das Publikum ausgiebig applaudieren und wandte sich schließlich Tschita zu.

„Und nun kommt der große Moment der ersten Runde. Was hast du, Tschita, auf *deine* rote Tafel geschrieben? Sag' es uns ...", der Große Wagen zögerte den Moment ein wenig heraus und das Publikum wurde immer aufgeregter. Dann gab er endlich das Zeichen: „... jetzt!"

Tschita zeigte ihre rote Tafel, auf die sie so viele Neuner wie möglich geschrieben hatte, so dass nun darauf die Zahl 999 999 999 stand.

Der Große Wagen schluckte und das Publikum starrte stumm auf Tschitas rote Tafel, auf der die Sensation stand. Salvatore ließ blass und entmutigt den Kopf hängen; das hatte er nun wirklich nicht erwartet. Der Große Wagen schluckte weiter. Was sollte er jetzt machen? Apathisch stand er da und ließ die Todesstille auf sich einhämmern.

Dann erfolgte der erste zaghafte Zuruf aus dem Publikum: „Das ist mehr als 185!"

„Sehr wagemutig", rief ein Zweiter.

„Sie müsste die erste Runde eigentlich gewonnen haben, oder?", fragte eine Frau in der ersten Reihe.

„Sie hat gewonnen!", jubelte ein älterer Herr.

Dann begannen die ersten Zuschauer zu klatschen und ein weiterer Zuschauer jubelte. Langsam kam das Publikum zu sich und brach schließlich in einen Orkan aus Applaus, Jubel und kreischenden Schreien aus, der schließlich auch den Großen Wagen aus seiner Apathie riss und ihn aufgeregt auf der Bühne durch die Zahlen galoppieren ließ.

„Neunhundertneunundneunzigmillionen Neunhundertneunundneunzigtausend Neunhundertneunundneunzig!" rief er aufgeregt in das Publikum. „Neunhundertneunundneunzigmillionen Neunhundertneunundneunzigtausend Neunhundertneunundneunzig! Das ist fantastisch! Das ist grandios!"

Erst nach endlosem und wahrlich tosendem Applaus beruhigten sich das Publikum und schließlich auch der Große Wagen.

„Tschita. Soll ich dir was sagen? Ich bin – überwältigt. Wirklich. Das habe ich mein ganzes Leben noch nicht erlebt. Ich finde das *ganz toll*. Das, verehrtes Publikum, das ist die Einhundert – Tausend – Sterne Show. So etwas werden sie nur hier, bei uns, erleben. – Tschita! Du bist eine ganz großartige Kandidatin!"

Der Große Wagen legte eine kunstvolle Pause ein, in der die beiden magellanschen Wolken wieder die Quarkpackung auf dem Silbertablett auf die Bühne brachten und vor Tschita auf einem Glastisch abstellten. Dann fuhr er fort:

„Deine gewonnenen Punkte stehen auf deiner blauen Tafel, Tschita. Zeige sie bitte *jetzt*."

Tschita zeigte erneut ihre blaue Tafel, auf der die Null stand.

„Du kannst nun, liebe Tschita, deinen Punktstand noch verdreifachen, wenn du errätst, wie schwer dieses Quarkpaket *vor* dir ist. Als kleine Hilfe: *Neben* dir steht das 5 kg Quark Paket, das du auf jeden Fall aus dieser Runde mit nach Hause nehmen darfst."

Tschita erblickte neben sich den Quark der Firma Milchwege, der in einer durchsichtigen Folie aufwendig verpackt war. Das Paket war exakt doppelt so groß wie die Quarkpackung vor ihr auf dem Silbertablett.

„Nun bitte ich um äußerste Ruhe und Konzentration, denn jetzt wird es wirklich spannend. Wird Tschita das Gewicht dieses Quarkpaketes erraten können? Dann verdoppelt sich ihr Punktstand. Nein, er verdreifacht sich. Das heißt nein. Wir haben noch gar nicht überprüft, ob Tschitas blaue Zahl auf der Bühne vorkommt."

„Die Null ist auf der Bühne nicht vorhanden", meldete die Regie über einen Lautsprecher.

„Oh, ja. Genau. – Verehrtes Publikum, wollen wir gemeinsam entscheiden, dass sich Tschitas Punktstand verdoppelt, wenn sie das Gewicht richtig schätzt?", fragte der Große Wagen ins Publikum. Das Publikum jubelte.

„Dann ist es jetzt soweit. Ich bitte um äußerste Ruhe und größte Konzentration. Tschita – was wiegt diese Packung Quark?"

Tschita öffnete den Mund, um etwas zu sagen, doch diesmal

war das Publikum schneller.

„Sag 1 Kilogramm", rief ihr jemand zu.

„7 Kilogramm", rief jemand aus den hinteren Reihen.

„2,3 Kilogramm und 100 Gramm!"

„Sag' eine positive Zahl."

„20 Kilogramm!"

Tschita versuchte zu lächeln und sagte dann laut: „Exakt 2,5 Kilogramm."

Gespannt hing das Publikum an den Lippen des Großen Wagens, der das Publikum ein wenig auf die Folter spannte. Dann erlöste er es endlich.

„Das ist – richtig! Und zwar auf das Gramm genau! Das ist fantastisch. Noch nie hat ein Kandidat das Gewicht der Zweieinhalb Kilogramm Quarkpackung so genau geschätzt. Ich bin überwältigt! – Damit erhältst du zweimal Null Punkte!", rief der Große Wagen und applaudierte zusammen mit dem Publikum.

Die Show wurde nun für einen kurzen Werbeblock unterbrochen. Danach ging es mit der zweiten Runde weiter, in der Tschita verlor, weil sie kein Telefon und damit auch keine Telefonnummer hatte, nach der gefragt wurde. In der dritten Runde weigerte sich Tschita zu verraten, wieviel sie wog, in der vierten Runde wusste sie nicht, wie groß sie ist, und in der letzten Runde nannte sie die falsche Anzahl ihrer Geschwister, weil sie sich nicht traute, nochmals die Null zu nennen.

Damit wurde Salvatore zum vierten Mal Sieger der Einhundert-Tausend-Sterne Show und Tschita war froh, dass die Show endlich vorbei war.

13. Kapitel

Das Unglückskapitel

Liebe Leser, wir kommen nun zum schwierigsten Kapitel unserer Erzählung: Dem dreizehnten Kapitel.

Mir ist klar, dass Ihnen unwohl zumute ist und ich versichere Ihnen, dass auch mir unwohl ist. Es lässt sich aber nicht ändern, denn nach der Zwölf kommt nun mal die Dreizehn, und demzufolge kommt nach dem zwölften Kapitel das dreizehnte Kapitel.

Es gibt ja Länder in denen man dem Aberglauben verfallen ist, dass man durch das Überspringen der Dreizehn das Unglück abwenden kann. So fehlen in den Hotels solcher Länder beispielsweise die Zimmernummern 13, das dreizehnte Stockwerk oder auch der dreizehnte Angestellte. Doch durch das Überspringen des Unglücks lässt sich dasselbe nicht austricksen; es lässt sich durch solch' billige Tricks nicht überlisten, im Gegenteil, es fühlt sich durch solche Versuche geradezu herausgefordert.

Unglaublich aber dennoch wahr: Es gibt auch heute noch Menschen, die das Wesen des Unglücks leugnen. Obwohl es eindeutige und unmissverständliche Beweise gibt. Ich selbst habe wiederholt miterlebt, wie Papier, auf das die Zahl 13 gedruckt werden sollte, im Drucker oder auch im Kopierer stecken blieb und zum Papierstau führte. Beweis genug, dass es das Unglück gibt, und dass es sich in der Zahl Dreizehn manifestiert hat.

Glückselig sind da diejenigen, die nicht bis zur Dreizehn zählen können. Um so mehr verwundert es, dass wir unseren Kindern bereits im Kindergarten und noch viel mehr in der Schule das Zählen bis zu den unselig großen Zahlen beibringen. Sollten wir doch vielmehr bei der Sieben, der heiligen Zahl, innehalten und frohlocken, dass wir bis dorthin ohne Schaden gelangt sind.

Doch statt dessen hat die Menschheit das unselige Lehrgebiet der Mathematik erschaffen, in der wir die Unglückszahl verzigfachen und immer und immer wieder wiederholen. Doch Vorsicht mit zu schnellen Urteilen! Auch die anderen Lehrgebiete, die zu erschaffen sich die Menschheit ereifert hat, sind nicht frei vom Unglück. Da ist beispielsweise die Sprache, rein und gut, wie der oberflächliche Anschein uns vorzumachen sucht. Doch die Sprache setzt sich aus Sätzen, die Sätze aus Wörtern und die Wörter aus Buchstaben zusammen.

26 Buchstaben zählt unser Alphabet. Zwei mal 13 Buchstaben also – zweimal Unglück! Bei jedem Wort, bei jedem Satz!

Unsere Vorfahren versuchten, diese unglückselige Wahl der Buchstaben zu korrigieren – jeder auf seine Art und Weise. Die Deutschen etwa haben noch vier weitere Buchstaben hinzugefügt: Drei Umlaute und das Eszett, so dass wir nunmehr 30 Buchstaben haben. Sicherlich, dass Unglück war damit gemindert, aber eine gute Wahl war es nicht. Hätten unsere Vorfahren nur zwei Umlaute hinzugenommen und auf den dritten und das Eszett verzichtet, so hätten wir 28 Buchstaben. Vier mal sieben – vier mal Glückseligkeit. Dies wäre zweifelsohne die bessere Wahl gewesen!

Die Franzosen hingegen nutzen alte überlieferte Beschwörungsformeln, um das Unglück zu bannen. So gebrauchten sie die verschiedensten Akzente, die sie bald vorwärts, bald rückwärts, mal gebogen und mal schräg um die Buchstaben herum kritzeln. Nun meinen sie, dass beispielsweise ein ‚E' mit Akzent ein weiterer Buchstabe sei, und sie so mehr als zwei mal 13 Buchstaben kennen. Welch ein Irrtum!

Am schlechtesten haben es die Engländer gemacht. Sie glaubten dem Unglück entgehen zu können, in dem sie einfach einen der Buchstaben des Alphabetes, nämlich das ‚X', ignorieren würden. Doch wie in jeder Herde, so finden sich auch unter den Engländern einige schwarze Schafe. Und diese haben über die Jahrhunderte hinweg sehr wohl einige – wenn auch wenig – Wörter erschaffen, die ein ‚X' enthalten. So ist es auch im englischen Alphabet bei zwei mal Unglück geblieben.

Intelligent wähnten sich die Chinesen, die an Stelle von Buchstaben Bilderchen malten – für jedes Wort ein neues Bild. Doch fragt man einen Chinesen nach der Zahl der Bilder, die er schreiben und lesen kann, so stolpert er beim Zählen unweigerlich über die Unglückszahl. Immer und immer wieder!

So hat sich jedes Volk mehr schlecht als recht mit dem Unglück arrangiert. Die einen etwas schlechter, die anderen etwas katastrophaler. Ich hoffe dass Sie, lieber Leser, beim Lesen dieses unglückseligen Kapitels ein gutes Arrangement gefunden haben und unbeschadet durchgekommen sind. Wohl auf, dann können wir zum nächsten Kapitel schreiten.

14. Kapitel

Das heilige Orakel von Delphi

Nach der Einhundert-Tausend-Sterne Show traf Eduard Tschita am Ausgang.

„Frag' nicht und sag' nichts!", sagte Tschita mit steinerner Miene.

„Okay", sagte Eduard.

„Ich weiß schon", fuhr Tschita fort, „das ist die dämlichste Show des gesamten Universums. Wenn ich das gewusst hätte, wäre ich niemals gekommen. Ich hab' keine Ahnung, warum die alle so verrückt auf diese Show sind."

„Ich auch nicht", sagte Eduard und zuckte mit den Achseln, „ich fand sie auch nicht so besonders."

„Nicht besonders? Sie war grauenhaft! Wenn du dem Universum einen Gefallen tun willst, dann berichte allen, dass die Show grauenhaft ist."

„Na ja, davon schwärmen werde ich jedenfalls nicht."

„Reden wir von was angenehmen. Was macht deine Suche nach dem Dieb des schwarzen Lochs? Kommst du voran?"

Eduard erzählte Tschita von seiner Ausbildung zum Detektiv und von dem Zwischenfall, der sich gleich am ersten Tag ereignet hatte. Tschita fand es eine gute Idee, sich richtig ausbilden zu lassen und die beiden beschlossen, dass Eduard Tschita besuchen werde, sobald er die Ausbildung abgeschlossen hatte.

Eduard ging zurück nach Grunznichtgut, führte seine Detektivausbildung fort, legte keine 2 Wochen später seine Abschlussprüfung ab und hatte die Ausbildung prompt bestanden.

Besonders viel gelernt hatte er allerdings nicht. Sicherlich, er wusste nun, dass man ein Betaklon nicht zu lange reizen darf. Und er hatte auch gelernt, dass die X34 der Firma JCN zwar durchaus sehr intelligent sein mochte, aber nicht sehr viel für Konversationen taugte. Natürlich hatte er auch etwas in Spurensuche, Observierungen und Ermittlungen gelernt. Aber alles in allem war es nicht besonders viel und es war vor allem nicht genug um zu wissen, wie man den Dieb eines schwarzen Loches oder auch den Dieb einer Erfindung (beispielsweise die Erfindung, wie man Schmelzkäse herstellt) ausfindig macht.

Mit der Abschlussurkunde im Gepäck bestieg Eduard seinen interstellaren Viersitzer und machte sich auf den Weg zu Tschita, um ihr von den schlechten Neuigkeiten zu berichten.

„Du bist fertig? Hast du bestanden?", begrüßte ihn Tschita neugierig.

Eduard nickte stumm.

„Super!", jubelte Tschita. „Ein frisch gebackener Detektiv!"

„Die Detektivausbildung war Müll", brummelte Eduard vor sich hin. „Und ich habe immer noch keine Idee, wie ich den Dieb des schwarzen Loches finden soll."

„Wieso Müll?", fragte Tschita erstaunt. „Bist du durchgefallen?"

„Nein, nein, ich habe bestanden. Aber zu mehr als Ostereier

suchen, Hunde beim Verrichten ihres Geschäftes zu beobachten oder die Anzahl von Ersatzflügeln eines geklauten Vehikels zu ermitteln taugt die Ausbildung nicht."

„Oh!", sagte Tschita erstaunt.

„Ich habe Wasserplaneten abgeklappert, ich habe in der Bibliothek von Nebenthal nach Lehrbüchern gesucht, ich war auf FAQ, ich war in Grunznichgut – aber alles hat nichts genutzt. Ich hab' keine Idee, wie ich den Dieb fangen soll. Was muss ich machen um den Dieb zu finden?"

„Ich hab' keine Ahnung", sagte Tschita bedrückt.

„Ich glaube, ich werde den Dieb nie fangen. Wahrscheinlich gibt es im Universum gar keine Detektive, die Diebe fangen können. Ich hab' jedenfalls noch keinen getroffen. Und ich bin wirklich viel herumgekommen."

„Meinst du?", fragt Tschita erstaunt. „Keine Detektive? Also keine *richtigen* Detektive – Detektive die Diebe fangen können? Obwohl es Detektivkurse gibt?"

„Genau", sagte Eduard. „Vielleicht", überlegte er, „vielleicht kann man Diebe sogar gar nicht fangen."

„Nicht fangen können? Das kann ich mir nicht vorstellen", meinte Tschita.

„Ja? Ich schon. Wenn man Diebe fangen könnte, dann gäbe es ruck, zuck keine mehr – weil ja alle gefangen wären. Also kann man Diebe nicht fangen – damit es Diebe gibt. *Sehr* logisch!"

„Das glaub' ich nicht", meinte Tschita. Und dann kam ihr eine Idee: „Weißt du was? Frag' doch einfach das heilige Orakel von Delphi. Das wird dir sagen können, ob man Diebe fangen kann. Oder noch besser: Frag' es, ob *du* den Dieb fangen *wirst*. Vielleicht erfährst du dabei sogar, *wie* du ihn fangen wirst."

Das hörte sich durchaus vernünftig an. Sicherlich, in der jüngsten Vergangenheit hatte sich schon vieles vernünftig angehört, was sich dann als eher bescheuert herausgestellt hatte. Aber auf der anderen Seite hatte Eduard auch keine bessere Idee, und so beschloss er, auch diesen Rat zu befolgen und machte sich auf den Weg zum Orakel von Delphi.

Das Orakel von Delphi gehört zu den wenigen Dingen im Universum, die sich nicht die Menschheit von anderen Wesen abgeschaut und nachgebaut hatten, sondern die andere Wesen von den Menschen übernommen haben. Nachdem das Orakel von Delphi im vierten Jahrhundert irdischer Zeitrechnung ausgedient hatte und geschlossen worden war, waren Enzozide aus der Orion-Galaxie mit schweren Raumtransportern nach Delphi gereist, um das Orakel zu demontieren. Das heißt, eigentlich waren sie mit ihren Raumtransportern nicht gekommen, um etwas aufzuladen, sondern um etwas abzuladen. Sie waren nämlich auf der Suche nach einer geeigneten Mülldeponie für ihre Abfälle gewesen und ihre Raumtransporter waren bis oben hin mit Sondermüll vollgestopft (den sie pro Forma als absolut unbedenklich deklariert hatten). In Delphi entdeckten sie nun nicht nur einen hervorragenden Ort für die Endlagerung ihres Sondermülls, sondern auch noch das verlassene Orakel. So warfen die Enzozide ihren Sondermüll (der später von Archäologen als die vermeintlichen Überreste des Orakels ausgegraben wurde) aus den Raumfrachtern, demontierten das Orakel und machten sich damit auf die Heimreise zurück in die Orion-Galaxie. Dort bauten sie dann das Orakel auf Tixu, dem im Zentrum der Galaxie liegenden Planeten, wieder auf.

Die Orion-Galaxie und insbesondere Tixu waren durchaus der geeignetste Ort im gesamten Universum, um das Orakel von Delphi wieder aufzubauen, denn Tixu ist ein ganz außergewöhnlicher Planet. Normalerweise ist es nämlich aus physikalischen Gründen nicht möglich, dass sich im Zentrum einer Galaxie ein Planet befindet. Dies liegt daran, dass Planeten immer um eine Sonne kreisen, die ihrerseits zusammen mit ihren Planeten um das Zentrum ihrer Galaxie kreisen. Liegt also ein Planet im Zentrum einer Galaxie, so müsste er nicht nur um seine Sonne kreisen, sondern zusätzlich zusammen mit ihr um das Zentrum der Galaxie, also um sich selbst. Wohlgemerkt: kreisen, nicht drehen! Es dürfte ziemlich offensichtlich sein, dass dies unmöglich ist. Es sei denn, man hat es nicht so sehr mit dem räumlichen Vorstellungsvermögen.

Bei den Enzoziden haperte es mit dem räumlichen Vorstellungsvermögen ganz gewaltig, so dass man speziell für sie eine geniale Methode entwickelt hatte, um auch ihnen eine Vorstellung für das Unmögliche zu ermöglichen. Dazu transformierte man ein Problem vom mehrdimensionalen physikalischen Raum in die Linguistik. Dies ist ein äußerst zweckmäßiges Vorgehen, denn es hatte sich gezeigt, dass die meisten Wesen, die es mit dem räumlichen Vorstellungsvermögen nicht so haben, höchste Begabung in sprachlichen Gebieten aufweisen. So hatte man sich die Transformations-Methodik von den Naturwissenschaften abgeschaut, wo das hin und her Transformieren von Problemen eine absolut übliche Vorgehensweise ist.

Im Falle des Planeten, der nicht im Zentrum einer Galaxie liegen kann, hatte man zwei Aussage zu transformieren. Die erste lautet: *Jeder Planet kreist zusammen mit seiner Sonne um das Zentrum seiner Galaxie.* Die Transformation erfolgt durch Substitution, das heißt einzelne Begriffe werden durch neue Begriffe ersetzt. So substituiert man beispielsweise ‚*Planet mit seiner Sonne*‘ durch ‚*Buch*‘ und ‚*Jeder*‘ durch ‚*Nirgendwo im Universum*‘. Ersetzt man weiterhin ‚*kreisen*‘ durch ‚*existieren*‘ und ‚*Zentrum seiner Galaxie*‘ durch ‚*Exemplar in der Bibliothek von Nebenthal*‘, so erhält man als Transformierte der physikalisch-räumlichen Aussage folgendes linguistisches Äquivalent: *Nirgendwo im Universum existiert ein Buch, von dem nicht auch ein Exemplar in der Bibliothek von Nebenthal existiert.*

Entsprechend verfährt man mit der zweiten Aussage (*Einer der Planeten ist das Zentrum der Galaxie*), wobei man natürlich die gleichen Substitutionen vornehmen muss. Vernachlässigt man die Sonnen, was legitim erscheint, da sie nur einen Bruchteil des Raums einer Galaxie ausfüllen, so kann man ‚*Planeten*‘ durch ‚*Bücher*‘ substituieren und erhält somit folgende Teiltransformierte: *Einer der Buch ist das Exemplar in der Bibliothek von Nebenthal* (wohlgemerkt als Näherungslösung, da die Sonnen vernachlässigt wurden). Da ‚*Jeder*‘ durch ‚*Nirgendwo im Universum*‘ zu ersetzen ist, folgt aus den Kepler'schen Gesetzen, dass ‚*Einer*‘ durch ‚*nicht von jedem*‘ substituiert wird. Schließlich zeigt ‚*ist*‘ an, dass wir das Verb der ersten Aussage übernehmen müssen, dessen Substituierte ‚*existieren*‘ lautet, womit man auch die zweite Aussage vollständig transformieren kann.

Das Problem wird also in die beiden Aussagen

> *Nirgendwo im Universum existiert ein Buch, von dem nicht auch ein Exemplar in der Bibliothek von Nebenthal existiert*

und

> *Nicht von jedem Buch existiert ein Exemplar in der Bibliothek von Nebenthal*

transformiert.

Ist das nun unmöglich? Nun, das ist nun wirklich simpel und konnte auch von den Enzoziden begriffen werden. Stellen wir uns einfach ein Buch vor, von dem es keine Exemplare mehr gibt. Wenn es keine Exemplare mehr gibt, dann kann auch kein Exemplar in der Bibliothek von Nebenthal vorrätig sein. Die erste Aussage besagt aber, dass es nur solche Bücher im Universum gibt, von denen mindestens ein Exemplar in der Bibliothek von Nebenthal steht. Ein klarer Widerspruch. Oder anders ausgedrückt: Die beiden Aussagen stellen eine Kontradiktion dar. Und damit auch die Rücktransformierten der beiden Aussagen, also die beiden ursprünglichen Aussagen über einen Planeten im Zentrum einer Galaxie.

Um es kurz zu fassen: Es ist einfach unmöglich, dass ein Planet der Mittelpunkt einer Galaxie ist!

Nebenbei hatte man damit auch die Aufgabe aus Kapitel 7 gelöst. Und das – wie man beachten sollte – lange Zeit bevor dieses Buch und das siebte Kapitel überhaupt geschrieben worden waren! Probleme, die erst in der Zukunft entstehen, bereits in der Vergangenheit zu lösen – das war bis dato einmalig gewesen und begründete eine neue Wissenschaftsdisziplin.

Allerdings generierte die neue Technik ein paar neue Probleme. Dies lag daran, dass zu dem Zeitpunkt, da ein neues Problem entstand, bereits die Lösung aus der Vergangenheit heraus existierte. Problem und Lösung zur gleichen Zeit am gleichen Ort, das ist – wie wir mittlerweile wissen, erinnern Sie sich an die Science Fiction Filme – ungesund, da es unabsehbare Folgen haben kann. Und zwar in diesem Fall für die Vergangenheit, denn hier wurde ja die Problemlösung vorzeitig, d.h. verfrüht, formuliert. Glücklicherweise kam niemand auf die Idee, diese zusätzlichen Probleme in der noch weiter zurückliegenden Vergangenheit zu lösen, da dies noch unabsehbarere Folgen für die noch weiter zurückliegende Vergangenheit geschaffen hätte. Die hätte man wiederum in der wieder davor liegenden Vergangenheit zu lösen versucht, und das ganze hätte sich immer so weiter bis hin zur Entstehung des Universums zurück gepflanzt und hätte möglicherweise dazu geführt, dass eine vollkommen andere Welt entstanden wäre, zum Beispiel eine, in der die Probleme in der Zukunft gar nicht entstehen würden.

An dieser Stelle setzt übrigens die Philosophie ein und grübelt darüber nach, ob vielleicht tatsächlich eine vollkommen andere Welt entstanden ist.

Doch zurück zu Eduard. Eine Kleinigkeit ist noch wichtig für das Verständnis der weiteren Handlung: Das Universum hatte durchaus nichts dagegen, dass im Zentrum der Galaxien keine Planeten sein können. Schließlich hatte es die Welt ja auch so entstehen lassen. Aber dass von jedem Buch der Welt ein Exemplar in der Bibliothek von Nebenthal existieren sollte, da hatte es einiges dagegen, denn dies hätte der Bibliothek von Nebenthal eine zu dominante Stellung zuteil werden lassen. Also erklärte es kurzerhand, dass es sich ja nur um eine Näherungslösung handele (weil die Sonnen vernachlässigt wurden) und die allgemeine Lösung in Spezialfällen auch Ausnahmen zulässt (was den Kleingeistern und Kritikern der Bibliothek von Nebenthal mächtig Auftrieb verschaffte). Und den ersten Spezialfall schaffte es sogleich in der Rücktransformierten des Problems, in dem es kurzer Hand Tixu in das Zentrum der Orion-Galaxie verfrachtete.

Für die Physiker ist es bis heute unverständlich, wie auf Grund einer Näherungslösung im transformierten Lösungsraum ein Spezialfall im ursprünglichen Problemraum entstehen soll. Aber das sollte uns nicht weiter stören. Die Physiker hatten auch Jahrhunderte lang nicht verstanden, warum die Zeit nicht überall gleich schnell läuft, bis es endlich von Albert Einstein erklärt wurde. Irgendwann wird es einen Bertram Zweistein geben, der auch dieses Phänomen verstehen und erklären wird.

Mit seiner einzigartigen Sonderstellung im Zentrum seiner Galaxie war Tixu geradezu der prädestinierte Ort, um das Orakel von Delphi zu beherbergen. Und – nebenbei bemerkt – auch ein sehr guter Platz, um ein gestohlenes schwarzes Loch zu verstekken. Auf jeden Fall wurde das Orakel von Delphi auf Tixu bereits kurz nach seiner Fertigstellung zum beliebten Wallfahrtsort.

Um auf einen Planeten zu landen, der eigentlich um eine Sonne kreist, gleichzeitig aber auch das Zentrum einer Galaxie ist, um den alles kreist, also auch der Planet selbst, muss man außergewöhnlich komplizierte Flugmanöver durchführen. Da die wenigsten Wesen im Universum diese Flugmanöver beherrschten und sich auch nur die wenigsten Wesen im Universum die überaus teuren Upgrades für ihre Autopiloten leisten konnten, mit denen man den Anflug auf Tixu automatisch durchführen konnte, war man üblicherweise auf einen Lotsen angewiesen. So machte auch Eduard Zwischenstation auf einer der Passierstellen, um sich einen Lotsen an Bord zu holen.

„Was wollen Sie denn beim heiligen Orakel von Delphi?",

fragte der Enzozide-Beamte in der Passierstelle freundlich.

„Ich möchte fragen ob man mir mitteilen kann, ob ich den Dieb, den ich suche, fangen werde", antwortete Eduard.

„Aha", sagte der Enzozide und tippte die Fahrzeugnummer von Eduards interstellaren Viersitzer sowie Eduards Frage in seinen Computer. „Brauchen Sie einen Lotsen?"

„Ja, bitte", sagte Eduard.

„Okay. Ihr Lotse ist Das Zardig und wird gleich bei Ihnen sein. Wir hoffen, dass Sie den Besuch des heiligen Orakels genießen werden. Bitte warten Sie dort drüben in der Lounge auf Das Zardig."

Der Enzozide überreichte Eduard noch eine Broschüre über das Orakel von Delphi, sowie ein Merkblatt, das gerade aus dem Drucker neben ihm gekommen war, und zeigte Eduard die Richtung zur Lounge.

Eduard schlenderte zur Lounge hinüber. Etliche Reihen von Sitzbänken waren vor riesigen Fensterscheiben aufgebaut, die den Blick auf das Zentrum der Orion-Galaxie freigaben. Verheißungsvoll schillernde Nebelschwaden und bunte Wolken waberten um Tixu und türmten sich bald mehr bald weniger weit in den interstellaren Raum rund um das Zentrum der Galaxie auf. Gigantische Magnetfelder ließen die Nebelschwaden und Wolken in pulsierenden Farben erstrahlen und deuteten unmissverständlich an, dass sich hier das Zentrum der Galaxie befand. Und immer wieder rauschten kleine und große Raumgleiter in die Schwaden hinein oder aus ihnen heraus.

Eduard bestaunte das Treiben eine Weile und machte ein paar Fotoaufnahmen. Dann nahm er die Broschüre, die er von dem Enzoziden bekommen hatte, und blätterte sie durch. Neben ein paar wichtigen Telefonnummern und Uninet Adressen waren darin hauptsächlich Bilder von Tixu und vom Orakel. Eduard nahm das Merkblatt, das für ihn gedruckt worden war, und las es durch. Es listete vor allem alle für ihn und seine individuelle Anfrage wichtigen Maximen des heiligen Orakels von Delphi auf. Eduard überraschte es nicht, dass es genau sieben Maximen waren, nämlich:

Nichts im Übermaß!
Erkenne den Dieb selbst!
Hilf den Detektiven!

Beherrsche den Dieb!

Hüte dich vor ungerechten Dieben!

Jage guten Dieben nach!

Sei Detektiven wohlgesinnt!

Weiterhin wurde noch erklärt, wie man seine Anfrage an das Orakel formulieren sollte, wann und wie die Anfrage auszusprechen sei, wann und wo die Antwort zu empfangen sei, wann und warum der Obolus zu entrichten sei – kurzum, die gesamte Prozedur.

„Herr Eduard?", fragte ein einbeiniges Wesen, das vor Eduard stand.

Eduard blickte auf und sagte: „Ja."

„Guten Tag. Ich bin Das Zardik, Ihr Lotse", sagte das einbeinige Wesen.

„Oh, schön. Guten Tag auch", erwiderte Eduard.

„Wenn Sie soweit sind können wir los", schlug Das Zardik freundlich vor.

Eduard nickte und die beiden gingen zu Eduards interstellaren Viersitzer. Das heißt: Eduard ging und Das Zardik hüpfte auf seinem einen Bein.

Das Zardik war ein Gerdohüde – ein Wesen ohne Geschlecht. Sozusagen das Gegenteil von einem Zwitter. Eine Zeitlang hatte es im Universum große Verwirrung gegeben, wie Zwitter und Gerdohüden anzureden seien. Vielfach waren sie mit ,Herr ...' oder ,Frau ...' angeredet worden, was in aller Regel zu Verstimmungen bei den so Angeredeten geführt hatte. Nachdem die Zahl der Beschwerden, die beim Universum auf Grund solcher Anreden eingingen, astronomische Werte erreicht und das Universum keine Lust auf noch mehr Beschwerden gehabt hatte, hatte es eine Rechtschreibreform beschlossen und darin eindeutige Anredeformen festgelegt. So waren von nun an alle männliche Wesen weiterhin mit ,Herr ...' anzureden, weibliche Wesen mit ,Frau ...', Zwitter nunmehr mit ,Hau ...' (von emanzipierten Persönlichkeiten ausnahmsweise auch mit ,Frerr ...') und Gerdohüden ab sofort mit ,Das ...'.

„Das erste Mal zum Orakel?", fragte Das Zardik freundlich.

„Ja", antwortete Eduard.

„Na, dann rücken Sie mal zur Seite. Ich steuere und erkläre Ihnen alles. Das nächste Mal können Sie dann auch selbst steuern, während ich Sie dirigiere."

Eduard setzte sich auf den Beifahrersitz und Das Zardik übernahm das Steuer. Nachdem es den interstellaren Viersitzer versiert gestartet hatte, deaktivierte es am Kommunikationscomputer den Mikrofoneingang, tippte dann den Kurs auf das Zentrum der Galaxie in den Bordcomputer ein und übergab die Steuerung dem Autopiloten. In unregelmäßigen Abständen deaktivierte es immer wieder für kurze Zeit den Autopiloten. Derweil riss es das sonst ungenutzte Steuer wild hin und her und murmelte zugleich fremdartig klingende Substitutionsformeln über Bücher, Bibliotheken und Näherungslösungen. Danach überließ es die Steuerung jedesmal wieder dem Autopiloten und beobachtete konzentriert die Anzeigen des Bordcomputers.

Auf diese Weise näherten sie sich einer wilden Achterbahnfahrt gleich dem Planten Tixu. Dem Zentrum der Galaxie von Orion – der Heimat des heiligen Orakels von Delphi.

15. Kapitel

Die Weissagung des Orakels

Auf Tixu verabschiedete sich Das Zardik von Eduard und wurde einem Abreisenden zugeteilt, den es sicher aus dem Zentrum der Galaxie heraus lotste.

Währenddessen wurde Eduard von damenhaften, leicht bekleideten Wesen begrüßt, die ihm Blumenketten umhängten. Danach verstreuten sie Unmengen von Blüten auf den Boden und deuteten so Eduard den Weg zur Empfangshalle des Orakels. Eduard sah sich fragend um und folgte dann der Blütenspur. Je mehr er sich der Empfangshalle näherte, desto mehr stürmten weitere damenhafte Wesen von allen Seiten hinzu und bestreuten ebenfalls den Weg mit Blüten, so dass Eduard schließlich durch ein Meer von Blüten watete und diese ihm bis zum Knie hoch standen, als er endlich die Empfangshalle erreichte. Über dem gewaltigen Tor zur Empfangshalle leuchtete in schillernden Lettern die Worte:

Nichts im Übermaß!

Eduard betrat die Halle. Sieben Tore waren von gigantischen, weißen Marmorsäulen eingerahmt, und auch Innen stand über jedem Tor eine Maxime in schillernden Lettern. Eduard stand unter dem ersten Tor, durch das er die Halle betreten hatte, und blickte staunend in der Halle umher.

Neben jedem Tor, am Fuße der gigantischen Marmorsäulen, waren winzige Pavillons ohne Dächer aufgebaut, in denen die Besucher in sich kehren und die Maxime des jeweiligen Tores verinnerlichen konnten.

„Nichts im Übermaß, oh du Fragender", stammelte ein in Mönchskutte gekleideter Androide und drückte Eduard ein Räucherstäbchen in die Hand. Eduard nickte stumm, lief am Pavillon vorbei und schlenderte nach rechts weiter, während ihm der Androide nicht gerade freundliche Blicke nachwarf.

Das Tor zur Rechten, auf das Eduard zu schlenderte, trug die Maxime

Erkenne den Dieb selbst!

Wie jeder Pavillon eines Tores, so wurde auch der Pavillon dieses Tores von einem Androiden in Mönchskutte betreut. Kaum hatte er bemerkt, dass sich Eduard auf sein Tor zu bewegte, hüpfte er hektisch aus dem Pavillon heraus und zündete Unmengen von Räucherstäbchen an. Als Eduard endlich bei ihm war nahm er ihm das Nichts-im-Übermaß Räucherstäbchen ab und drückte ihm in jede Hand drei seiner Räucherstäbchen. Während er das Nichts-im-Übermaß Räucherstäbchen verächtlich in eine kleine Tonne mit Sand warf, begrüßte er Eduard:

„Erkenne den Dieb selbst, oh du Fragender!"

„Ja", sagte Eduard und nickte freundlich.

„Oh du Fragender, es ist dies der Ort an dem du zu dir finden wirst", sagte der Androide und zeigte auf seinen Pavillon.

„Aha", erwiderte Eduard etwas verwirrt. „Eigentlich bin ich nicht gekommen, um zu mir zu finden, sondern um eine Frage zu stellen."

Der Androide warf einen prüfenden Blick nach links und rechts, reckte sich dann hoch zu Eduard und flüsterte leise:

„Oh du Fragender, es ist dies auch der Ort, an dem deine Fragen beantwortet werden. Nur zu, trete ein in den Palast der Erkenntnis."

Eduard zögerte und schaute den Androiden zweifelnd an.

„Nur zu, trete ein, oh du Fragender", wiederholte der Androide und schob Eduard sachte in Richtung Pavillon. Eduard kam es zwar etwas seltsam vor, dass das Orakel von Delphi seine Frage in diesem Pavillon beantworten würde, aber auf der anderen Seite passte die Maxime des dazugehörigen Tores am besten zu seiner Frage.

Im Pavillon zündete der Androide noch mehr Räucherstäbchen an und die beiden setzten sich an einen kleinen runden Tisch mit schweren, gusseisernen Beinen. Gemächlich zogen die Rauchschwaden der vielen Räucherstäbchen um den Tisch und nebelten die beiden ein.

„Der Rauch der Weisheit wird dich leiten, oh du Fragender", sagte der Androide zu Eduard gerichtet und holte eine dicke Schachtel mit weiteren Räucherstäbchen aus einer der Kisten hinter sich hervor. „Und wenn du bei dir daheim nach Weisheit und Erleuchtung suchst, oh du Fragender, so zünde diese Räucherstäbchen an, denn der Rauch wird dich leiten und die Antworten werden sich finden."

Eduard schaute auf die Schachtel und streckte seine Hand aus.

„Ich sehe, du bist von besonderer Reinheit, oh du Fragender", fuhr der Androide fort. „Noch nie habe ich einen derart reinen Fragenden gesehen. So gebe ich dir, in der Erkenntnis, einen *Auserwählten* vor mir zu haben, die Hälfte der Stäbchen umsonst. Zahle nur den halben Preis und du erhältst die gesamte Pakkung."

„Oh, danke", sagte Eduard unsicher und zog seine Hand wieder etwas zurück. „Kann ich denn nun meine Frage stellen?"

„Oh ja doch, oh du Fragender. Die Zeit ist günstig. Sehr günstig sogar, der Rauch der Räucherstäbchen bekundet es. Kaufe geschwind dieses Päckchen, und die Götter der Weissagung werden dir wohlgesinnt sein. So stelle deine Frage dann."

„Fein. Also ich habe den Auftrag einen Dieb zu finden und frage mich, ob ..."

„Halte inne", unterbrach ihn der Androide zischend. „Du erzürnst die Götter, wenn du zu hastig nach Antworten sinnst. Zuerst nehme dieses Päckchen und *dann erst* stelle deine Frage, oh du Fragender!"

Eduard nahm das Päckchen mit den Räucherstäben und öffnete seinen Mund, um die Frage zu stellen. Doch der Androide kam ihm zuvor

„300 Teklare, denn ich bin beglückt, dir die Hälfte zu schenken", sagte der Androide mit bedeutungsvoller Miene – soweit ein Androide überhaupt eine bedeutungsvolle Miene machen kann.

„Was?!", rief Eduard entrüstet. „300 Teklare? Dafür kann ich ja zweimal leertanken!"

„Was ist schon ein leerer Tank gegenüber der Gewissheit in den Fragen, die dich bedrücken?"

„Aber wofür brauche ich diese Räucherstäbchen? Von dem Qualm bekomme ich eher Kopfschmerzen als Anworten."

„Die Götter der Weisheit wollen gnädig gestimmt sein, dass wirst du, oh du Auserwählter, schon erkannt haben."

„Hm, mal sehen." sagte Eduard. „Ich will meine erste Frage ohne Gnädigstimmung stellen. Wenn mich die Antwort überzeugt, kaufe ich dann vor den weiteren Fragen auch gerne die Räucherstäbchen."

„Ja willst du denn die Götter beleidigen. Oh du Ungläubiger, willst du den Zorn der Götter auf dich lenken. Geschwind, nimm dieses Päckchen, denn es wird dich befreien vom Unglück, oh du Zweifelnder", jammerte der Androide.

Hüten Sie sich vor den Händlern und Gaunern in der Halle des Empfangs, erinnerte sich Eduard in der Broschüre über das Orakel von Delphi gelesen zu haben. Eduard bekam das Gefühl, dass dieser Pavillon nicht der Ort der Weissagung sei. Er legte das Päckchen auf den Tisch und stand auf.

„Oh du Unsicherer, der du bringst Unglück und Schande über dich und deine Familie. Lass dir helfen. Ich kann es nicht mit ansehen, wie du in dein Verderben rennst. Nur um dir zu helfen, werde ich dir das Päckchen für den vierten Teil seines Wertes überlassen. Für 150 Teklare sei es dein. Nimm es, und das Heil wird zurück in dein Haus finden."

Damit war es Gewissheit: Dieser Pavillon war nicht der Ort der Weissagung. Eduard verließ den Pavillon und erntete auch von diesem Androiden nicht eben freundliche Blicke.

Eduard schaute sich in der Halle um. Sieben Tore mit den sieben Maximen, und an jedem Tor ein Pavillon mit einem in Mönchskutte gekleideten Androiden. Mehr gab es nicht in der Halle, so groß sie auch war. Wo sollte er seine Frage stellen können? Und an wen? Vielleicht muss man den richtigen Pavillon finden, überlegte sich Eduard. Also ging er zum nächsten Tor, dem Tor mit der Maxime

Als der Androide dieses Tores bemerkte, dass Eduard zu ihm kam, stand er ruhig auf, kam aus seinem Pavillon heraus und wartete zurückhaltend. Auch als Eduard bei ihm war, lächelte er Eduard nur freundlich und zurückhaltend an, sagte aber nichts.

Eduard schaute auf die sechs Erkenne-den-Dieb-selbst Räucherstäbchen, die er immer noch in seiner linken Hand hielt, schaute dann den Androiden an und zuckte lächelnd mit den Achseln. Der Androide deutete mit einem freundlichen Blick auf einen kleinen Abfalleimer neben sich und Eduard warf die Räucherstäbchen dort hinein.

„Danke", sagte er zu dem Androiden. „Manche mögen ja den Duft, aber ich bekomme davon ziemlich schnell Kopfschmerzen."

„Das beschämt mich, wo dies doch kaum dein Ansinnen war, oh du Fragender", erwiderte der Androide. „Darf ich eine Tasse Kaffee zur Erholung reichen?"

Und wie aus der Luft gezaubert hatte der Androide plötzlich eine Tasse mit herrlich duftendem Kaffee in der Hand. Tatsächlich hatte er natürlich nicht gezaubert, sondern er war ein Kaffeeautomaten-Androide und hatte den Kaffee schnell gebrüht, als Eduard zu ihm herüber geschlendert war.

Eduard konnte nicht widerstehen, nahm die Tasse und trank den Kaffee. Er schmeckte vorzüglich.

„Das ist der beste Kaffee, den zu finden in der Orion-Galaxie möglich ist", sagte der Androide zurückhaltend. „Nur Auserwählte sind in der Lage, diesen Kaffee in dieser so hoch gelobten Qualität zu ernten und zu rösten."

Eduard war wirklich begeistert und genoss den Kaffee.

„Willst du nicht, oh du Fragender, als Souvenir eine Packung dieses herrlichen Kaffees mit nach Hause dir nehmen?"

Eduard überlegte. Der Kaffee schmeckte wirklich fantastisch. Der Androide ging in sein Pavillon und kam mit einer Packung Kaffee und einer Plastiktüte zurück.

„200 Teklare", sagte der Androide und Eduard schluckte, denn die Packung Kaffee war geradezu winzig und damit selbst bei diesem herrlichen Aroma noch nicht einmal 20 Teklare wert.

„Und diese Wärmeflasche, die im Winter die Kälte und im Sommer die Hitze fernzuhalten vermag, gibt es gratis dazu", sagte der Androide und hielt mit zurückhaltendem Lächeln eine Gummi-Wärmeflasche hoch.

Eduard tat so, als wäre er interessiert und reichte dem Androiden die Kaffeetasse. Der Androide nahm die Tasse schnell entgegen, um freie Hände für das Geschäft zu schaffen. Doch kaum hatte er Eduard die Tasse abgenommen, wandte sich Eduard ab und ging zum nächsten Tor. Es waren, so kann man wohl sagen, unfreundliche Blicke, die der Androide Eduard nachwarf.

Das vierte Tor forderte

Beherrsche den Dieb!

Eduard ging direkt auf den Androiden zu und fragte ihn, ob er irgendwelche Souvenirs hätte. Der Androide nickte strahlend und hastete in seinen Pavillon. Als er sich dort in der Erwartung umblickte, dass Eduard ihm gefolgt sei, sah er, dass Eduard bereits auf dem Weg zum fünften Tor war. Es bestand kein Zweifel: Es war Hass, der den Blick des Androiden erglimmen ließ.

Wahrscheinlich ist es das siebte Tor, in dessen Pavillon man seine Frage stellen kann, dachte sich Eduard. Also fragte er auch beim fünften und sechsten Tor die Androiden nach Souvenirs und machte sich schnell weiter zum nächsten Tor, als die Androiden in ihre Pavillons stürzten.

So gelangte Eduard schließlich voller Erwartung zum siebten Tor – das Tor mit der Maxime

Sei Detektiven wohlgesinnt!

Voller Erwartung trat er auf den Androiden dieses Tores zu, lächelte und wartete auf die Dinge, die da nun passieren mochten. Doch der Androide des siebten Tores hatte sehr wohl bemerkt, dass seine sechs Kollegen in keiner Weise erfolgreich bei Eduard gewesen waren, und so fragte er nur ziemlich mürrisch:

„Wollen Sie ein Souvenir kaufen?"

„Nein", sagte Eduard erstaunt. „Ich will eine Frage stellen."

Der Androide zuckte mit den Achseln und schaute ihn mürrisch an.

„Kann ich die Frage in Ihrem Pavillon stellen?", fragte Eduard unsicher.

„Aber natürlich", rief der Androide zickig. „Ich baue mir hier ein Pavillon auf und zahle die astronomisch hohen Standgebühren nur, damit irgend so ein Touri' irgendwelche dämlichen Fragen stellen kann. Wenn Sie nichts kaufen wollen, dann beschmutzen Sie bitte auch nicht meinen Pavillon, sondern machen Sie sich vom Acker!"

Eduard stutzte einen Moment. Dann drehte er sich unschlüssig um, lief ein paar Schritte und überlegte dabei, was nun zu tun sei. Genau in diesem Moment erzitterte der Boden und lautes Knirschen von Stein auf Stein erfüllte die Halle. In der Mitte der Halle wurde eine riesige, kreisrunde Marmorplatte aus dem Boden heraus gefahren. Eduard schaute sich um. Die Androiden hatten sich alle in ihre Pavillons zurückgezogen und schauten gelangweilt zu. Eduard schaute auf die Marmorplatte, die inzwischen vollständig aus dem Boden heraus geschraubt war und wenige Zentimeter über diesem schwebte. Dann ging er auf sie zu, setzte vorsichtig einen Fuß darauf und stieg schließlich ganz hinauf.

Langsam drehte sich die Marmorplatte weiter und schwebte dabei immer höher. In der Decke öffnete sich ein großes, rundes Loch, und die Marmorplatte drehte sich weiter auf das Loch zu. Eduard beobachtete fasziniert die Halle aus dieser neuen Perspektive und bemerkte, wie die Maxime über den sieben Toren an Glanz verloren.

Schließlich hatte Eduard die Halle durch das Loch in der Decke verlassen, wobei die Marmorplatte das Loch in der Decke nun beinahe nahtlos verschlossen hatte. Im Boden der Halle wurde unter lautem Knirschen eine neue Marmorplatte von unten herauf gefahren, die das entstandene Loch im Boden ebenfalls verschloss, so dass auch der Boden wieder eine einheitliche, fast fugenlose Fläche bildete. Über den sieben Toren änderten sich die Inschriften zu neuen Maximen und die Halle war bereit, den nächsten Fragenden zu empfangen.

Währenddessen war Eduard ein Stock oben drüber im Adyton, dem allerheiligsten Raum des Orakels, angekommen. Eine dreibeinige Enzozidin – die Priesterin des Orakels – schwebte ungefähr 2 Meter über dem Boden und war von wabernden Rauchschwaden umhüllt. Nur dreibeinigen Enzozidinnen war es möglich, das hohe Amt der Priesterin des heiligen Orakels von Delphi auszuüben. Dank modernster Gentechnologie war es den Enzoziden möglich, immer rechtzeitig vor dem Tod einer Priesterin ein Enzoziden-Baby mit drei Beinen zu züchten, so dass nie die Gefahr bestand, dass dem Orakel eines Tages die dreibeinigen Priesterinnen ausgehen würde. Die drei Beine waren notwendig, da der Antigravitationsdrive, mit dem die Priesterin zum Schweben gebracht wurde, keine Notstromversorgung hatte. Bei jedem Stromausfall stürzten daher die Priesterinnen herab und brachen sich dabei zuweilen ein oder auch mal zwei Beine. Mit drei Beinen ausgestattet hatten sie aber stets noch genügend gesunde Beine, um weiterhin laufen oder wenigstens hüpfen zu können.

Ein Tempeldiener in Mönchskutte – kein Androide, sondern ein Gerdohüde – näherte sich hüpfend Eduard und reichte ihm ein Tablett mit einem Handy und einem Hammer.

„Dies ist das Opfer, das darzubringen du mögest, oh du Fragender!", verkündete der Gerdohüde laut.

„Das Opfer?", fragte Eduard.

„Zertrümmere das Handy", murmelte der Gerdohüde mit nach unten gesenktem Blick.

„Oh ja, das Opfer!", sagte Eduard und erinnerte sich an das Merkblatt. Er griff nach dem Hammer und prügelte fröhlich auf das Handy ein, was einen höllischen Lärm erzeugte.

„Genug, genug! Das reicht!", zischte der Gerdohüde hektisch. Eduard lächelte peinlich berührt und legte den Hammer scheppernd auf das Tablett zurück, worauf sich der Gerdohüde zurückzog.

Langsam schwebte die dreibeinige Priesterin herab und ihre Stimme erfüllte den Raum:

„Die Götter der Weissagung sind dir wohlgesinnt. Wie lauten deine Fragen, oh du Fragender?"

„Äh, hm, ja", stotterte Eduard. Nun wurde er doch etwas nervös. „Ich soll einen Dieb fangen. Den Dieb, der das schwarze Loch gestohlen hat. Also, bislang ist wohl nur *ein* schwarzes Loch gestohlen worden. Den soll' ich fangen. Ich wollte fragen, ob ich den Dieb wohl fangen werde. Äh, nein, `tschuldigung, das war falsch. Ich wollte fragen, *wie* ich den Dieb fangen werde."

Während Eduards Worte im Adyton nachhallten, stoben die Rauchschwaden heftig um die Priesterin herum. Dann lichteten sie sich plötzlich und Eduard konnte die Priesterin sehen.

„Es ist ein Kopfgeldjäger, der dir den Weg weisen wird", sprach die Priesterin.

„Ein Kopfgeldjäger?", murmelte Eduard zweifelnd.

Von links näherte sich erneut der Gerdohüde und überreichte Eduard ein Kuvert. „Oh nein, die Rechnung", dachte sich Eduard. Er öffnete das Kuvert und zog einen kleinen Zettel heraus, auf dem stand

Diese Weissagung ist mit einer Wahrscheinlichkeit von
97.5% richtig.

„Wie lautet deine zweite Frage?", hallte die Stimme der Priesterin durch das Adyton.

„Äh, diese Wahrscheinlichkeitsangabe, ist die berechnet? Ich meine, stimmt die?", fragte Eduard.

„Die angegebene Wahrscheinlichkeit ist richtig", hallte die Priesterin.

Wieder kam der Gerdohüde und drückte Eduard ein Kuvert in die Hand. Eduard öffnete es und fand erneut einen Zettel:

Diese Weissagung ist mit einer Wahrscheinlichkeit von
100% richtig.

„Das ist ja toll!", rief Eduard. „Eine Weissagung mit der Angabe, wie genau die Weissagung ist. Das ist ja klasse! Hätte nicht geglaubt, dass es so etwas gibt. Hätten Sie das geglaubt?", fragte Eduard den Gerdohüden, der aber schon wieder dabei war sich zurückzuziehen.

„Der Gerdohüde hatte es bereits gewusst", sagte die Priesterin.

Eduard wusste, was auf dem drittem Zettel im dritten Kuvert stand, das ihm der herbei hüpfende Gerdohüde überreichte.

„Drei Fragen, drei Antworten. Deiner Bitte ist gewährt worden. Die Audienz ist beendet", sagte die Priesterin und schwebte wieder hinauf. Dabei wurde sie wieder von ihren Rauchschwaden umhüllt, während der Gerdohüde Eduard den Weg nach draußen zeigte.

„Äh, einen Moment bitte, ich hätte da noch eine wichtige Frage", sagte Eduard.

„Drei Fragen von jedem Fragenden – drei Antworten für jeden Fragenden", antwortete der Gerdohüde und zeigte Eduard freundlich aber bestimmt den Weg zu Ausgang.

„Ich dachte, man könne sieben Fragen stellen. Die sieben ist doch die heilige Zahl?", entgegnete Eduard.

„Waren deine Fragen heilig?", fragte der Gerdohüde.

Nein, das waren sie nicht, da musste Eduard dem Gerdohüden schon recht geben. Also verließ er artig das Adyton durch eine große Tür und stand im Freien. Eine breite Marmortreppe führte ihn hinunter zu einem Weg, der aus großen, blank polierten Steinen bestand. Jeder siebte Stein hatte eines der sieben Maxime von Eduard als Inschrift und zeigten ihm so den richtigen Weg zurück zu seinem interstellaren Viersitzer.

„Es ist ein Kopfgeldjäger, der dir den Weg weisen wird", hallten die Worte der Priesterin in Eduards Kopf nach. Ein Kopfgeldjäger? Nun, warum eigentlich nicht – schließlich sind die auf das Fangen von Dieben und dergleichen spezialisiert. Aber ja doch, ein Kopfgeldjäger, das war die Lösung. Eigentlich hätte er auch selbst darauf kommen können.

Nur, wie kam man an einen Kopfgeldjäger? Na ja, im Zweifelsfalle konnte man in den Gelben Seiten nachschlagen oder die Telefonauskunft fragen. So schwer konnte das nicht sein.

Eduard hatte das Gefühl, dass es sich gelohnt hatte, nach Tixu zu kommen und das Orakel von Delphi zu befragen. Und er hatte auch das Gefühl, dass ein Kopfgeldjäger ihm helfen würde, den Dieb schnell zu fangen, und dass er sich dann endlich wieder dem Berichten widmen könne. Glücklich lief er zu seinem interstellaren Viersitzer. Dort startete er den Kommunikationscomputer und wählte die Nummer der Bodenkontrolle von Tixu, um einen Lotsen für den Abflug zu ordern. Er bekam die Auskunft, dass in ungefähr 10 Minuten der Lotse Das Glas bei ihm wäre.

„Können wir starten", fragte die freundliche Stimme des Autopiloten von Eduards Viersitzer. Der Kommunikationscomputer hatte ihn einfach eingeschaltet, obwohl er keine entsprechende Order erhalten hatte. Eduard wunderte sich – normalerweise hielt sich der Kommunikationscomputer strikt an seine Anweisungen.

„Nein", sagte Eduard, „wir müssen noch auf unseren Lotsen warten."

„Wir müssen noch auf den Lotsen warten", äffte der Autopilot Eduard mit zickiger Stimme nach. „Ha! So ein Quatsch. Als ob ein Lotse besser fliegen könnte als ich."

„Du hast kein Upgrade für den An- und Abflug auf Tixu", sagte Eduard. „Also sollten wir auf den Lotsen warten, damit er uns sicher aus dem Zentrum der Galaxie heraus geleitet."

„Damit er uns sicher aus dem Zentrum der Galaxie heraus geleitet", äffte der Autopilot wieder nach, aber Eduard hörte nicht zu. Statt dessen bestaunte er den Himmel und das dahinter liegende All. Vom Mittelpunkt einer Galaxie aus hatte man schon eine beeindruckende Sicht!

„Sind Sie Eduard?", fragte plötzlich eine näselnde Stimme neben Eduard.

Eduard drehte sich zu der Stimme um.

„Ja. Und Sie sind Das Glas?"

„Nein, ich bin Raffael", sagte die näselnde Stimme. „Der Kopfgeldjäger aus der Weissagung des heiligen Orakels."

„Der Kopfgeldjäger?", sagte Eduard verwundert. „Ich dachte, ich müsste mir einen Kopfgeldjäger selbst suchen. Und jetzt bekomme ich den Kopfgeldjäger vom Orakel gestellt."

„Nein, das Orakel stellt keine Kopfgeldjäger. Das Universum hat sich nur gedacht, dass du etwas Hilfe gebrauchen könntest und hat mich zu dir geschickt. Na ja, und das Orakel hat einen recht guten Draht zum Universum, also wusste es, dass ich kommen und dir helfen werde."

„Aha", sagte Eduard, erstaunt und beglückt zugleich.

„Eduard?", fragte eine weitere Stimme. „Ich bin Das Glas, Ihr Lotse."

„Aha", sagte Eduard und drehte sich zu Das Glas um. „Äh, ja, ich glaube, dann können wir. Wo steht denn dein Raumgleiter?", fragte Eduard zu Raffael gerichtet.

„Ich bin mit einem Jet-Taxi gekommen. Ich dachte es wäre einfacher, wenn wir zusammen mit deinem Viersitzer reisen."

„Ja, klar doch", sagte Eduard.

„Ich hab' eine An- und Abfluglizenz für Tixu", sagte Raffael zu Das Glas. „Wenn Sie nichts dagegen haben, werde ich uns herauslotsen."

„Natürlich", sagte Das Glas. „Dann wünsche ich Ihnen eine angenehme Heimreise. Und besuchen Sie das Orakel bald wieder!"

Das Glas verabschiedete sich und Eduard und Raffael stiegen in den interstellaren Viersitzer ein. Eduard schaltete den Bordcomputer ein und gab die Flugkommandos in den Kommunikationscomputer ein. Dann übergab er Raffael das Kommando.

Raffael deaktivierte den Autopiloten und nahm das Steuer in die Hand.

„Von dem lassen wir uns nicht steuern", giftete der Autopilot laut, „der hat ja noch nicht einmal eine Nase!"

Auch wenn es kein Grund zum Lästern war, der Autopilot hatte recht. Raffael war ein Rektomane und wie alle Rektomanen hatte auch er keine richtige Nase. Die Rektomanen kommen vom Planeten Tarus-Sulus-Rombus in der Galaxie R6534 und sehen eigentlich wie Menschen aus. Nur dass die Proportionen etwas anders sind: Die Füße sind bald doppelt so groß und die Beine beinahe anderthalbfach so lang wie bei den Menschen. Dafür ist der Oberkörper gedrungen und dicklich rund. Darüber kommt ein bisschen Hals, der den leicht klobigen Kopf trägt. Dort war über Generationen hinweg die Nase immer weiter in sich zusammengeschrumpft, so dass sie schließlich fast vollständig verschwunden war.

„Ich weiß nicht, was eine Nase mit dem Fliegen zu tun hat", stellte der Bordcomputer fest.

„Nasenlose Wesen haben überhaupt kein Gespür, um einen Raumgleiter zu steuern. *Das*, mein Lieber, hat es mit der Nase zu tun", zickte der Autopilot zurück.

„Das ist doch Blödsinn. Zum Fliegen braucht man eine Ausbildung, und keine Nase. Du hast ja selbst auch keine Nase", gab der Bordcomputer zurück. Und leise, aber dennoch für jeden verständlich, fügte er noch hinzu: „Wahrscheinlich fliegt er auch deswegen so schlecht."

„Das ist eine infame Unterstellung! Eine Unverschämtheit! Ich weigere mich auch nur eine Quatrantel weit zu fliegen, so lange dieser nichtsnutzige, hinterhältige, unwissende und total veraltete Bordcomputer noch an Bord ist", rief der Autopilot.

„GENUG!", schrie der Kommunikationscomputer. „Es reicht. Du, Autopilot, hältst jetzt die Luft an, und zwar genau so lange, wie du deaktiviert bist! Und du, Bordcomputer, lernst erst einmal richtig sprechen, bevor du dein Sprachmodul nochmals anwirfst! Und nun würde ich gerne in Ruhe diesen Planeten verlassen, wenn's genehm ist."

„Pah, ich spreche super!", japste der Bordcomputer pikiert.

Eduard schaute Raffael peinlich berührt an – er schämte sich für den Streit seiner Systeme.

„Was ist? Das ist doch normal", meinte Raffael. „Ich kenne kaum ein elektronisches System, dass im Zentrum einer Galaxie *nicht* verrückt spielt."

„Oh", meinte Eduard, „ich dachte, dass wäre nur bei meinem Viersitzer so. Weil der noch vom Anfang der Welt ist und daher die Computer inzwischen ziemlich veraltet sind."

„WAAAS!", schrie der Autopilot. „ICH BIN NICHT ..."

„Halt den Rand", sagte der Kommunikationscomputer gereizt, nachdem er dem Speicher des Autopiloten einen außerplanmäßigen Refresh-Zyklus verpasst hatte und der Autopilot notgedrungen mit einem Notfall-Reboot neu starten musste.

„Keine Bange", meinte Raffael. „Das legt sich, sobald wir die erste Umlaufbahn um das Zentrum der Orion-Galaxie erreicht haben."

Raffael deaktivierte nun auch den Kommunikationscomputer und tippte die Abflugkoordinaten in den Bordcomputer, der triumphierend alle Eingaben mit geradezu theatralischer Stimme wiederholte. Der Autopilot kochte vor Wut, aber sein Notfall-Programm erlaubte es nicht, sich zu überhitzen. So musste er wohl oder übel zuschauen und -hören, wie sich der Bordcomputer selbstgefällig von Raffael programmieren ließ und ständig und äußerst wichtigtuerisch irgendwelche Vorschläge für die Abflugoptimierung unterbreitete – und dies nicht ohne sarkastische Bemerkungen Richtung Autopilot: „Ja, ja, die Dekompressionswerte für die zweite Hyperstufe – da hat sich schon so manch ein Autopilot vertan. Ich würde zu 3-8-17 raten, aber der eingegebene Wert 3-7-12 ist auch okay."

Schließlich ließ Raffael den interstellaren Viersitzer abheben und steuerte ihn routiniert und sanft aus dem Zentrum der Galaxie heraus.

16. Kapitel

Der gute, der schlechte und der böse Kopfgeldjäger

Es gibt – auch wenn die Überschrift des Kapitels etwas anderes weis zu machen sucht – zwei Kategorien von Kopfgeldjägern: Die einen tragen Sterne aus Stahl an ihren Schuhen und werden nicht besonders alt. Auf die anderen trifft dies nicht zu und sie zählen deswegen zu den Guten. Raffael besaß keine Stahlsterne, womit klar war, dass er alt werden würde und ein guter Kopfgeldjäger war.

„Als Erstes", erklärte Raffael, während sie das Zentrum der

Orion-Galaxie verließen, „werden wir uns mit Waffen ausrü-
sten."

„Waffen?", fragte Eduard entsetzt. „Ich will den Dieb fangen
und nicht umbringen!"

„Natürlich nicht", sagte Raffael entschieden. „Ich meine ja
auch nicht Waffen zum Töten, sondern Waffen zum Fangen."

„Waffen zum Fangen?"

„Ja. Oder glaubst du, dass du nur laut rufen musst: ‚Dieb zeig
dich, damit ich dich finde'? Irgendwie müssen wir ihn doch
aufspüren."

„Na ja, darüber hatte ich noch nicht so richtig nachgedacht.
Ich dachte das Wichtigste sei es, den Dieb zu verhaften."

„Schon. Und mit der Lizenz zum Verhaften ist das ja auch kein
Problem. Aber vorher müssen wir den Dieb erst einmal finden –
sonst kannst du ihn auch nicht verhaften."

„Hm."

„Also brauchen wir Waffen. Mindestens Waffen zum Suchen
und Aufspüren."

Das leuchtete ein.

„Und wo bekommen wir die Waffen her?", fragte Eduard.

„Oh, es gibt verschiedene Waffenlager und auch Laboratorien.
Das nächste ist in der Würfelstapel-Galaxie. Das ist aber nicht
besonders gut ausgerüstet und hat auch nicht die Lizenz, einen
Kopfgeldjäger des Universums auszurüsten. Wir werden zum
Entwicklungslabor *WCLog 10 Millionen* gehen."

Während Eduard und Raffael also nach *WCLog 10 Millionen*
aufbrachen, um sich mit Waffen auszurüsten, befand das Universum, dass die beiden auf dem bestem Weg waren, den Dieb des
schwarzen Lochs zu fangen. Mit dieser Gewissheit im Hinterkopf
entschied es, dass es genau zu diesem Zeitpunkt die passende
Gelegenheit wäre, eine neue Zeit des intergalaktischen Schwachsinns anbrechen zu lassen. Und dies geschah auf einem kleinen,
ziemlich unbedeutenden Planeten in der Milchstraßen Galaxie,
auf dem sich die dominierende Spezies plötzlich zu Blaubären
verwandelte. Zunächst lebten sie so recht vergnüglich und
friedlich und nicht gerade eben schwachsinnig. Doch dann
stellten sie eines Tages fest, dass ihr Leben ziemlich kompliziert
war. Da gab es beispielsweise Blaubären, die keine Lust hatten zu
arbeiten und statt dessen den anderen Blaubären das Essen
stahlen. Und so brauchte man Blaubären, die nichts anderes

taten, als faulen und stehlenden Blaubären auf die Pfoten zu klopfen. Kurze Rede – langer Sinn: Man entschied, dass man alle paar Jahre ein paar Blaubären aus der Mitte der Bären wählen wollte, deren Aufgabe es dann war, sich mit den komplizierten Dingen des alltäglichen Lebens auseinander zu setzen, Lösungen zu erarbeiten und diese dann umzusetzen.

Das klappte zunächst auch ganz gut. Bis dann eines Tages einige Blaubären erkannten, dass sie als Gewählte den übrigen Blaubären so ziemlich jeden Bären aufbinden konnten. Und so erklärten sie eines Tages, dass die komplizierten Dinge des täglichen Lebens in Wirklichkeit noch viel komplizierter als bislang angenommen waren, und dazu auch noch ungerecht, und dass sie daher Gesetze bräuchten, um die Ungerechtigkeiten lösen zu können. Und das würde sehr viel Geld kosten, und daher müsste jeder Blaubär fortan einen Teil seines Geldes abgeben.

Zunächst musste jeder Bär für seine Arbeit, die er leistete, Geld abgeben. Weil seine Arbeit – so die Begründung – mehr wert war, als er dafür bekam. Damit bestand offensichtlich eine Differenz zwischen dem, was jeder Blaubär leistete und dem, was er bekam, und diese Differenz musste dann logischer Weise jemand anderes bekommen. Und das war der Staat, wie die Gewählten diesen anderen nannten. Und weil es hier um viel Geld ging, erklärten sich die Gewählten auch gleich bereit, dieses Geld zu verwalten.

Als nächstes erklärten die Gewählten, dass wenn ein Blaubär etwas von seinem verdienten (mittlerweile schon gekürzten) Geld kaufte, dass dann das Gekaufte ebenfalls mehr wert war, als der Blaubär dafür bezahlte. Die entsprechende Differenz musste daher ebenfalls an den Staat abgeführt werden.

Damit schienen zunächst alle Probleme gelöst zu sein. Doch ein paar Jahre später erkannten die Gewählten, dass die Sache nochmals komplizierter war. Es war nämlich so: Wenn eine gekaufte Sache sehr viel wert war (wie zum Beispiel ein Grundstück oder ein Haus oder ein Boot), dann war es nochmals mehr wert. Es bestand also erneut eine Differenz und diese mussten die Blaubären ebenfalls an den Staat bezahlen. Und zwar jedes Jahr, denn die gekaufte Sache war ja beständig und damit logischer Weise jedes Jahr mehr wert, und nicht nur einmal – das leuchtete auch den weniger schwachsinnigen Blaubären ein.

Nun kamen einige besonders verrückte Blaubären auf die Idee, dass sie sich für ihr Geld, das sie verdient hatten und das bereits weniger wertvoll geworden war, einfach nur Essen kauften. Da blieb dann natürlich einiges an Geld übrig, aber davon kauften sie sich keine wertvollen und beständigen Dinge, sondern sie sparten das Geld einfach. Es ist den Gewählten zu verdanken, dass man erkannte, dass dadurch das Leben erneut komplizierter geworden war. Tatsächlich war es nämlich so, dass Geld, das man sparte, ebenfalls mehr wert wurde. Und zwar jedes Jahr, in dem das Geld gespart wurde. Die Differenz zwischen dem gesparten Geld und dem Mehrwert durften die Blaubären wieder an den Staat zahlen. Wie glücklich schätzten sich die Blaubären, dass sie so gescheite Gewählte hatten, die jede Kompliziertheit erkannten und mit einem ganz einfachen Gesetzt meisterten.

Aber es gab immer noch ein paar unbelehrbare Blaubären, die der Meinung waren, in einer ungeregelten Wildnis sicherer als in der Obhut von Gesetzen zu sein. Diese Blaubären kauften sich für ihr verdientes (und bereits weniger wertvolles) Geld keine wertvollen und beständige Dinge, und sie sparten ihr Geld auch nicht, sondern sie schlossen Versicherungen ab. Versicherungen gegen Naturkatastrophen, gegen Diebstahl oder gegen sonst irgendetwas. Das mag sich vielleicht recht vernünftig anhören, woran sie aber nicht gedacht hatten war, dass diese Versicherungen mehr wert waren als der Schutz, den sie boten. Und so bewährte es sich wieder einmal: Die Gewählten sprangen ein und erließen schnell ein weiteres Gesetz zum Schutz vor dem Mehrwert der Versicherung. Nun konnte jeder Blaubär die Differenz zwischen den Versicherungsprämien und dem Schutz, den die Versicherung bot, an den Staat zahlen und das Leben war wieder ein Stück besser geworden.

Während sich die normalen Blaubären glücklich durch das Leben treiben ließen, wurden die Gewählten nicht müde, jede auch noch so kleine Kompliziertheit zu bekämpfen. So gab es von Jahr zu Jahr immer mehr Gesetze und die Liste der Dinge, die mehr wert wurden, wuchs beständig an. Die Blaubären schätzten sich glücklich, dass sie auf die Idee mit den Gewählten gekommen waren, denn diese kümmerten sich mittlerweile tagein, tagaus um nichts anderes mehr, als um die vielen tausend Gesetze. Und – wie einige kritische Blaubären anmerkten – darum, dass sie stets wieder gewählt wurden. Tatsächlich – so die

Gewählten – waren die kritischen Blaubären jedoch einfach nur zu blöde, um die komplizierten Dinge, mit denen sich die Gewählten beschäftigen mussten, zu verstehen.

Wie auch immer, eines Tages reifte bei den Gewählten die Erkenntnis, dass der Tod eines Blaubären mehr wert war als bislang angenommen. Was für die Hinterbliebenen natürlich eine ziemliche Belastung war, denn so hatten sie auf der einen Seite den Tod ihres Liebsten, auf der anderen Seite aber seine Hinterlassenschaft, die viel zu viel wert war. Also erließ man ein weiteres Gesetz und die Hinterbliebenen eines Blaubären durften nun beim Tod eines Angehörigen den Mehrwert des Todes an den Staat zahlen. Womit auch dieser komplizierte Sachverhalt geregelt war, die kranken Blaubären wieder in Ruhe sterben und die Hinterbliebenen in Ruhe zahlen konnten.

Es ist recht naheliegend, dass wenn der Tod eines Blaubären mehr wert war als bisher angenommen, dass dann auch sein Kopf mehr wert sein müsste. Studien, die die Gewählten in Auftrag gegeben hatten, belegten dies auch eindeutig. Die Gewählten überlegten dennoch, ob sie, um auf Nummer sicher zu gehen, nicht besser erst einmal eine Verordnung einführen sollten, nach der jeder Blaubär die Differenz zwischen seinem Kopf und dem vermuteten tatsächlichen Wert an den Staat zahlen konnte. Sobald eine weitere Studie den Sachverhalt bestätigt hätte, könnte man dann ein Gesetz daraus machen.

Studien waren überhaupt zu einem beliebten Mittel der Gewählten geworden. Sie kosteten zwar sehr viel Geld, aber der Staat bekam ja mittlerweile auch sehr viel Geld von seinen Blaubären ob des vielen Mehrwertes auf dem blauen Planeten. Und außerdem hatten die Gewählten dadurch weniger Arbeit und mussten sich mit den überaus komplizierten Dingen, die sie regeln sollten, nicht mehr selbst auseinandersetzen. Es war ja auch viel einfacher die Arbeit von anderen ausführen zu lassen, zumal man sich dann im Falle eines Fehlers recht leicht aus der Verantwortung stehlen konnte – man hatte ja nur die Empfehlungen der von Experten angefertigten Studien umgesetzt.

Statt sich also weiter mit den komplizierten Dingen zu befassen, beschäftigten sich die Gewählten mehr und mehr mit dem Verwalten. Alles was wichtig war, wurde von den Gewählten verwaltet. Das war vor allem das Geld. Allerdings nur das Geld, dass die Gewählten selbst bekamen! Das Geld, dass der Staat bekam, war offensichtlich nicht so wichtig, um gut verwaltet zu werden, denn die Gewählten verloren bald den Überblick. Es gab wohl ein Gesetz das besagte, dass die Gewählten den Überblick über das Geld des Staates nicht verlieren durften, aber es war eines der ganz alten Gesetze, das bei der Gründung des Staates aufgestellt worden war und das daher wohl nicht mehr so wichtig und maßgebend war. Man nahm es also mit dem Verwalten der Staatsgelder nicht mehr so genau und verwaltete statt dessen lieber die Verschwendung der Staatsgelder. So ließen die Gewählten jedes Jahr Berichte erstellen, die zeigten, wo und wie Geld verschwendet wurde. Seltsamer Weise tauchte in diesen Berichten nie auf, dass Geld für die Erstellung dieser Berichte verschwendet worden war. Und noch seltsamer: Es kam nie ein Gewählter auf die Idee, dass man diese Verschwendung, nachdem man sie ja nun genau erfasst hatte, auch abstellen könnte. Nein, man wollte sich nur noch mit dem *Verwalten* und nicht etwa mit dem Beseitigen von Dingen beschäftigen.

Für die Blaubären machte dies alles durchaus Sinn und sie waren fest davon überzeugt, dass sie zu den intelligentesten Wesen des gesamten Universums gehörten. Doch wer das Treiben auf dem blauen Planeten von außen betrachtete, erkannte sofort die Ausmaße des intergalaktischen Schwachsinns, dessen Krönung war, dass die Blaubären felsenfest davon überzeugt waren, dass die Gewählten für ihr Wohl sorgten.

952 Lichtjahre vom blauen Planeten entfernt waren Eduard und Raffael auf ihrem Weg zum Entwicklungslabor *WCLog 10 Millionen*. Nachdem sie das Zentrum der Orion-Galaxie hinter sich gelassen hatten, hatte Raffael das Steuer wieder dem Autopiloten übergeben. Eduard tippte inzwischen fleißig das Menü für das Mittagessen in den Bordcomputer ein.

„Vorspeisen sind keine mehr an Bord, wir müssen direkt mit dem Hauptgang beginnen", sagte er zu Raffael.

„Das ist okay. Bei der nächsten Tankstelle füllen wir einfach die Vorräte wieder auf", erwiderte Raffael.

„Für den Hauptgang stehen noch zur Auswahl: Hühnerfrikassee, Hirschragout, falscher Alien, Lachs-Lasagne oder Pizza Vier-Galaxien. Was hättest du gerne?"

„Ich nehm' die Lasagne."

„Okay, dann nehm' ich das Hirschragout. Und dazu empfiehlt der Copilot einen Saint-Émilion. Moment, eben noch den Thermostat auf 22°C programmieren – fertig. Als Nachspeise ist nur noch Schokoladeneis übrig. Wie wäre es mit –8 °C?"

„Hört sich gut an!"

Eduard programmierte das Kochmodul auf 7.5 Minuten und startete es. Dann ging er nach hinten und deckte den Tisch zwischen den beiden hinteren Sitzen. Ungefähr 7 Minuten und 30 Sekunden später stand das dampfende Essen auf dem Tisch.

„Auf eine erfolgreiche Jagd", sagte Raffael und hielt sein Glas mit dem Rotwein hoch.

„Auf eine erfolgreiche Jagd", sagte Eduard und die beiden stießen an. Dann ließen sie sich das Essen schmecken.

„Hm, sehr lecker", sagte Eduard mit leisem Schmatzen. „Ein Glück, dass die Computer wieder funktionieren."

„In der Tat. Denn: Ohne Essen zu jagen, kann der Kopfgeldjäger nur klagen!"

Nachdem die beiden den Hauptgang und die Nachspeise verdrückt hatten, schmissen sie den Tisch samt Gedeck in den Haushaltswaren-Recycler und begaben sich wieder auf die Vordersitze.

„Hm, war das gut!", stöhnte Raffael genüsslich und reckte und streckte sich ausgiebig. „Hat das Teil hier eigentlich ein Multimediasystem?"

„Ein Multimediasystem?", fragte Eduard.

„Ja. Um Filme zu schauen oder Spiele zu spielen!"

„Nein. Wie ich schon sagte, der Viersitzer ist schon ziemlich alt. Und ich hatte nie die Zeit, ein Multimediasystem nachzurüsten."

„Schade", sagte Raffael. Er hätte nur zu gerne einen Film angeschaut. So plauderten sie ein wenig über das Orakel von Delphi.

Plötzlich brüllte Raffael: „ACHTUNG: ZYKLONE VON LINKS! Sie hatten sich in dem Asteroidenschwarm versteckt!"

Eduard schaute erschrocken nach links, konnte aber in der Dunkelheit des Weltalls nichts erkennen.

„Ich aktiviere die Schutzschilder!", rief Raffael und tippte hektisch Kommandos in die Tastatur des Bordcomputers ein. „Captain, wir sind unter schweren Beschuss geraten. Wir brauchen mehr Energie für die Schutzschilder! MEHR ENERGIE!"

„Was sind Zyklone, Raffael? Und wo sollen die sein?", fragte Eduard hektisch und blickte nach allen Seiten aus den Fenstern.

„Sie sind jetzt vor allem links unter uns. Ich werde die Bodenschilder auf 125% setzen und die Landeklappen als zusätzlichen Schutz ausfahren. Wir sollten den Hyperdrive deaktivieren um mehr Energie für die Schutzschilder zu haben!"

„Der interstellare Viersitzer der ersten Modellreihe hat keine Schutzschilder, und die Landeklappen sind winzig!", japste Eduard mit zitternder Stimme, während er weiter hektisch durch die Fenster in die Finsternis des Weltalls schaute.

„Achtung, von rechts kommt ein großer Asteroid auf uns zu", rief Raffael, ohne auf Eduard zu hören. „Der ist gigantisch, den können wir nur mit der Ionen-Kanone zerlegen. Mach du das! Ich übernehme das Steuer und weiche der von links kommenden Starfighter-Staffel aus."

Eduard schaute aus dem Fenster rechts neben sich und blickte angestrengt in die Dunkelheit. Er konnte beim besten Willen nichts ausmachen. Keine Asteroiden und auch keine Starfighter. Schnell überprüfte er den Radar-Bildschirm vor sich, aber auch der zeigte nichts an. Derweil hatte Raffael den Autopiloten deaktiviert und riss nun das Steuer hart nach unten, so dass er und Eduard gegen die Decke flogen.

„Captain, das wird kein Spaziergang! Wir sollten die Gurte anlegen" sagte Raffael und tippte wieder hektisch auf den Bordcomputer ein. Nicht einmal eine Sekunden später ließ der Computer die Sitzgurte aus den Seitentaschen der Sitze herausschnellen und Eduard und Raffael schnallten sich an. Dann riss Raffael das Steuer nach rechts oben.

„Puh, das war knapp", sagte Raffael und drehte sich um und schaute aus dem hinteren linken Fenster. „Was macht der Asteroid?"

„Wir haben keine Ionen-Kanone, und ich sehe auch keine Asteroiden", jammerte Eduard.

„Himmel! Jetzt wird's aber eng", schrie Raffael. „Keine Zeit für Diskussionen. Ich werde 70% der Energie von den Schutzschildern abziehen und den Hyperdrive auf Mach 57 aktivieren. Das liegt zwar runde 50% über dem Maximalwert, aber es ist unsere einzige Chance. An unserem Heck kleben 12 Zyklonen-Starfighter!"

Während Raffael das Steuer nach links unten riss und wieder die Tastatur des Bordcomputers quälte, hämmerte Eduard hektisch auf der Radar-Konsole herum. Doch der Bildschirm blieb leer – absolut nichts zu sehen. Eduard aktivierte den

Emergency-Selbsttest.

„Alle Systeme in Ordnung", sagte die piepsende Stimme der Radar-Konsole nach wenigen Sekunden.

„Hyperdrive wird aktiviert in t minus 10 Sekunden", sagte eine blecherne Stimme.

„Wir haben keinen Hyperdrive!", rief Eduard.

„9 – 8 – 7 – 6 – 5 – 4 – 3 – 2 – 1 – Ignition!", sagte die blecherne Stimme.

Raffael schaltete den Afterburner des interstellaren Viersitzers ein und die beiden wurden fest in ihre Sitze gedrückt. Da Raffael den Steuerknüppel immer noch leicht nach links unten gedrückt hielt, rasten sie in einer schraubenförmigen Bahn mit immer größer werdender Geschwindigkeit durch das All.

„Captain, ich werde die Schutzschilder in t minus 5 Sekunden komplett ausschalten, den Hyperdrive deaktivieren und die volle Energie in die Neutronen-Torpedos leiten. Dann feuern wir drei Salven. Dagegen haben die Zyklonen-Starfighter keine Chance, selbst wenn sie ihre Schutzschilder protonisieren. 5 – ...", rief Raffael.

„WELCHE   SCHUTZSCHILDER?   WELCHE TORPEDOS?" schrie Eduard entsetzt.

„... – 2 – 1 – GO!"

Raffael deaktivierte den Afterburner, öffnete die Schubumkehr vollständig und riss das Steuer scharf herum. Der interstellare Viersitzer wurde heftig abgebremst, flog noch ein halbes Looping und stand dann still. Raffael imitierte das Geräusch von in weiter Ferne explodierenden Bomben. Dann war es still und der interstellare Viersitzer schwebte ruhig im Weltall.

„Man, das war wirklich knapp", sagte Raffael schwer atmend. Und zu Eduard gerichtet: „Gute Arbeit – wir sind ein klasse Team! Gib mir Fünf!"

Raffael hielt Eduard seine offene Hand hin und Eduard schlug langsam und mit zweifelndem Blick ein. Dann rief er die Blackbox-Aufzeichnungen des Bordcomputer ab.

„Da wirst du nichts finden", sagte Raffael. „Der Asteroidenschwarm wurde von einem Positronenwind getrieben – der hat sämtliche Speichersysteme lahmgelegt. Aber das macht nichts, die werde ich nachher reparieren. Kein wirkliches Problem. Überprüf lieber mal die Schutzschilder."

Die Blackbox des Bordcomputer zeigte nichts außergewöhnliches an. Keine Asteroiden, keine Zyklone, keine Starfighter und auch keinen Positronenwind. Nur ein paar hektische Flugmanöver.

„Wir haben keine Schutzschilder! Und auch keinen Hyperdrive!", sagte Eduard zu Raffael gewandt.

„Na ja, ein Angriff ohne überlastete Schutzschilder und Hyperdrive wäre doch langweilig", sagte Raffael und zuckte mit den Schultern. „Aber so war es doch aufregend. Das musst du doch zugeben, oder?"

„Vermutlich ist das üblich bei Kopfgeldjägern", meldete sich der Kommunikationscomputer zu Wort. „Sobald wir wieder *im* Zentrum einer Galaxie sind, wird er sicherlich wieder normal werden."

„Ich fand's jedenfalls aufregend", sagte Raffael mit zufriedenem Grinsen. „Besser und vor allem viel realer als irgend ein Film!"

Raffael aktivierte wieder den Autopiloten, lehnte sich zurück und betrachtete genüsslich die Weiten des Weltalls und die friedlich funkelnden Sterne.

Eduard überprüfte nochmals den Bord- und den Radarcomputer, um sich endgültig zu vergewissern, dass Raffael tatsächlich nur alles vorgetäuscht hatte. Kopfschüttelnd nahm er das Mikrofon des Kommunikationscomputers und diktierte in das Logbuch: „Sternzeit 18-012-307. Raffael ist vollständig durchgeknallt."

17. Kapitel

WCLog 10 Millionen

Das Entwicklungslabor WCLog 10 Millionen lag auf dem Planeten Xardon und wurde von seiner Majestät der Xardianer betrieben. Es gehörte nicht zu den größten Laboratorien im Universum, aber es war stets mit den modernsten und ausgefallensten Systemen ausgerüstet. Tatsächlich beschäftigte seine Majestät eine recht bedeutende Anzahl von hochqualifizierten Ingenieuren und Naturwissenschaftlern, die tagein, tagaus nichts anderes machten, als Waffen der übernächsten Generation zu entwickeln.

Raffael war schon oft auf Xardon gewesen, um sich für seine Aufträge mit Waffen auszurüsten. Aus diesem Grund bekamen er und Eduard auch recht schnell ihren Passierschein und konnten den interstellaren Viersitzer vor den Hallen des Entwicklungslabors parken.

„Du wirst staunen", sagte Raffael zu Eduard, während sie die Halle betraten.

In der Halle war eine weitere Kontrollstelle, an der sie ihren Passierschein vorzeigen mussten. Aber dazu hatten sie gar keine Gelegenheit, denn kaum hatten sie die Halle betreten, da stürmte auch schon ein Mann in weißem Kittel auf Raffael zu.

„Raffael", rief er, „was für eine Freude! Was für eine Überraschung! Wie geht es dir?"

„Toll", sagte Raffael. „Darf ich vorstellen: Das ist mein Freund Eduard. Das ist Dr. Feuerstein – der Leiter von dem Schuppen hier."

„Ich bin Sam", sagte Dr. Feuerstein lachend und schüttelte Eduard die Hand. „Was führt euch zu uns. Willst du Eduard unsere neusten Errungenschaften zeigen?"

„Na ja. Vor allem wollen wie eure neusten Errungenschaften *haben*. Ich bin wieder auf Mission", sagte Raffael.

„Aha", sagte Sam in gewichtigem Ton. „Geheime Mission?"

„Nein, eigentlich nicht", antwortete Raffael.

„Ein Dieb hat ein schwarzes Loch gestohlen. Den müssen wir nun fangen", ergänzte Eduard.

„Na denn, dann wollen wir mal schauen, was wir so für euch haben", sagte Sam und geleitete die beiden durch die Halle. „Was braucht ihr denn?"

„Tja, vielleicht ein paar Wanzwürmer, Indikatoren-Krallen und ein Megaphon, das auch im Vakuum funktioniert. Den üblichen Kram halt. Vielleicht auch noch ein paar Sachen zum Abschrekken. Hast du denn irgendetwas neues?", sagte Raffael.

„Irgendetwas neues?", fragte Sam lächelnd und führte die beiden zu einem kleinen Stand.

Dort ergriff er einen eiförmigen, faustgroßen Gegenstand, der auf dem Tisch des Standes lag. Der Gegenstand war aus Metall, hatte rundherum keilförmige Riefen und war dunkelgrün. Und an einem Ende hatte er eine Art Hebel, der leicht gebogen war und sich so eng an den eiförmigen Gegenstand schmiegte.

„Das ist wirklich raffiniert", sagte Sam. „Passt auf!"

Er zog einen kleinen Splint aus dem Ei und warf dann das Ei weg. Das Ei kullerte ungefähr 10 Meter über den Boden und blieb dann liegen. Zunächst passierte gar nichts, doch dann platzte das Ei plötzlich auf und eine etwa handgroße, schwarz behaarte Spinne krabbelte heraus. Nachdem sie sich vollständig aus dem Ei heraus gepellt hatte würgte sie eine grüne und übel riechende Flüssigkeit hervor und erbrach sie auf den Boden. Dann tippelte sie geschwind auf Sam, Eduard und Raffael zu und klapperte dabei mit ihren dürren Füßen auf dem Boden. Den drei standen die Haare zu Berge und sie sprangen schnell auf den Tisch neben sich.

„Ist es nicht wundervoll", jammerte Sam angewidert. „Damit jagt ihr jeden Dieb aus wirklich jeden Raum raus. Und wenn es eine Präsidentensuite ist – mit dem Viech will niemand ein Zimmer teilen."

„Üähh, wirklich klasse", sagte Raffael.

„Und wie bekommt man das ekelhafte Teil wieder weg?", fragte Eduard.

„Das haben wir noch nicht herausbekommen. Aber daran arbeiten wir. Momentan recyceln wir es. ECKART! Kannst du mal den Antihide absaugen!"

Eckart, einer der Ingenieure des Entwicklungslabors, kam in einem Schutzanzug samt Gesichtsmaske mit Schutzfilter und zog einen großen Saugrüssel von der Decke herunter. Dann betätigte er einen Knopf an der Fernbedienung, die an seine Brust geheftet war, und saugte die Spinne in den Saugrüssel.

„Danke Eckart", sagte Sam zu dem Ingenieur, der angewidert nickte.

„Toll!", sagte Raffael, während die drei von dem Tisch runterkletterten. „Können wir ein paar davon haben?"

„Nun, wie gesagt: Wir arbeiten noch daran und haben nur zwei Prototypen. Aber einen davon könnt ihr haben."

„Muss das sein?", fragte Eduard.

Sam drückte Raffael den zweiten Prototypen, der auf dem Tisch lag, in die Hand. Das war eine eindeutige Antwort.

„Klasse. Wir bräuchten auch noch ein paar von den Indagar-Drohnen", sagte Raffael

„Ah ja. Da hab' ich was Besonderes für euch. Neueste Entwicklung. Der Knüller schlecht hin! Viel besser als die Indagar-Drohnen. Hier entlang bitte."

Sam geleitete die beiden an diversen Versuchsständen vorbei zur hinteren Wand der Halle, in der etliche Türen waren. Die meisten standen offen, und man sah, dass dahinter recht große Räume lagen, teilweise sogar weitere Hallen. Die drei gingen durch eine der Türen und standen in einer kleinen Halle, in der eine wüstenähnliche Landschaft aufgebaut war.

Sam nahm das Modell eines Raumschiffes in die Hand, das auf dem Tisch neben ihm stand.

„Das Nachfolgemodell. Wir nennen sie Track-Drohne. Ihr könnt sie über jeden handelsüblichen Kommunikationscode programmieren. Aufgepasst!"

Sam legte die Track-Drohne auf den Boden, zog eine Fernbedienung aus der Tasche seines weißen Kittels und sprach dann in diese: „Mission-ID: Wüstensturm. Zielobjekt: Stubenfliege. Auftrag: Zielobjekt lokalisieren."

Die Track-Drohne klickte leise und fuhr ein paar Startklappen aus. Dann wurden die Booster gestartet und die Drohne schwebte nach oben. Ungefähr 2 Meter über dem Boden blieb sie schweben und fuhr etliche winzige Sonden heraus. Dabei drehte sie sich langsam um sich selbst und tastete mit den Sonden die Umgebung ab. Dann drehte sie sich plötzlich ruckartig um eine viertel Umdrehung nach rechts, hielt inne und raste dann mit großer Geschwindigkeit durch die kleine Halle.

„Sie hat sie lokalisiert!", jubelte Sam.

Die Drohne sauste durch die Halle und vollführte dabei die abenteuerlichsten Flugmanöver.

„Und sie lässt sie nicht mehr los!", begeisterte sich Sam weiter. „Die Fliege versucht zu fliehen, aber die Drohne bleibt ihr hart auf den Fersen. Toll, nicht war!"

Sam nahm seine Fernbedienung und gab ein neues Kommando ein: „Mission-ID: Wüstensturm. Neues Kommando: Observierungsdistanz vergrößern."

Die Drohne flog weiter durch den Raum, nun allerdings nicht mehr ganz so hektisch. Zwischenzeitlich blieb sie sogar ruhig schweben, um dann wieder Geschwindigkeit aufzunehmen.

Sam gab ein neues Kommando durch: „Mission-ID: Wüstensturm. Neues Kommando: Observierungsdistanz deutlich verringern."

Wie in den Hintern gebissen raste die Drohne los. Sie vollführte zwei vollständige und einen abgebrochenem Looping, sauste quer durch die Halle und zerschellte dann an der linken Wand.

Sam schluckte: „Vermutlich hatte sich die Fliege an die Wand gesetzt."

„War jedenfalls sehr nahe dran!", lobte Raffael.

„Sozusagen auf Tuchfühlung", meinte Eduard.

„Na ja", sagte Sam, „hier ist es zu eng. Aber im Freien funktioniert sie hervorragend!"

„Klasse", sagte Raffael. „Können wir zwei Dutzend davon haben?"

„Klar, ich lass sie euch schon mal verpacken."

Während die drei die kleine Halle wieder verließen, sprach Sam über seine Fernbedienung mit einem seiner Leute und bat ihn, 24 Track-Drohnen fertig zu machen. Dann führte Sam sie weiter durch das Entwicklungslabor und zeigte ihnen all die neuen Erfindungen, die gerade entwickelt wurden.

„Hier, die sind auch klasse", sagte Sam an einem weiteren Stand. „Einschüchterungsfotos. Sind zwar bereits ein paar Jahre auf dem Markt, aber immer noch sehr gefragt."

Sam nahm zwei Ohrenstöpsel und steckte sie sich in die Ohren. Dann ergriff er eine kleine Rolle, hielt sie in die Luft und zog an einer Schnur, so dass sich die Rolle zu einem kleinen Plakat entrollte. Das Plakat zeigte das Foto eines kleinen, schreienden Babys – und schrie dabei in ohrenbetäubender Lautstärke.

Eduard und Raffael hielten sich die Ohren zu und bedeuteten Sam, das Plakat wieder einzurollen. Sam grinste breit und rollte dann schließlich das Plakat wieder ein.

„Toll, nicht war? Ist von uns entwickelt worden", strahlte Sam voller Stolz. „Die gibt es auch noch kleiner. Zum Beispiel als Piranha. Weiterhin haben wir Hunde, Wölfe, Werwölfe, Schafe und natürlich Polizisten."

„Ich weiß", sagte Eduard, „die werden von der Einwanderungsbehörde auf FAQ eingesetzt. Nicht besonders erfolgreich!"

„Ach ja, die Einwanderungsbehörde von FAQ", nickte Sam. „Die haben wirklich keine Ahnung, wie man die Plakate einsetzt. Das haben wir denen schon Dutzende Mal erklärt. ROSALINDA!"

Sam schrie quer durch die Halle.

„Rosalinda! Wie oft haben wir der Einwanderungsbehörde von FAQ erklärt, wie sie die Einschüchterungsfotos einsetzen müssen?"

„Ungefähr ein Dutzend Mal", schallte es leise aus einer Ecke der Halle.

Sam sah Raffael und Eduard vielsagend an und führte sie weiter.

„Und was ist das", fragte Raffael, nahm einen Kugelschreiber von einem Tisch, an dem sie gerade vorbeiliefen, und hielt ihn hoch.

„Nicht! Schnell wieder hinlegen", rief Sam und stürzte auf Raffael zu. Dabei knickten ihm die Knie ein, so dass er zu Boden sackte. Dort gähnte er ausgiebig und schlief ein. Eduard und Raffael wunderten sich, wurden darüber sehr müde und schliefen ebenfalls ein.

Ungefähr eine Stunde später wachten die drei wieder auf. Sie reckten sich und gähnten ausgiebig. Dann stand Sam auf, nahm eine der Sprühdosen, die ebenfalls auf dem Tisch neben ihnen standen, und sprühte den Kugelschreiber in Raffaels Hand intensiv ein. Dann nahm er den Kugelschreiber Raffael aus der Hand und legte ihn wieder auf den Tisch.

„Ein Betäubungsschreiber", erklärte Sam. „Ich war gerade dabei gewesen, verbesserte Dichtungsringe einzubauen, als ihr gekommen wart. Die Dichtungsringe sorgen dafür, dass das Betäubungsmittel nur beim Schreiben herausströmt. Ich schlage vor, wir gehen erst einmal einen Kaffee trinken."

Eduard und Raffael stimmten zu und die drei machten sich auf den Weg zum nächsten Kaffeeautomaten. Sam orderte drei Kaffee und verteilte sie. Der Kaffee schmeckte nicht annähernd so gut wie der Kaffee, den Eduard im Orakel von Delphi von dem Kaffeeautomaten-Androiden erhalten hatte, aber zum munter werden reichte er.

„Was braucht ihr noch?", fragte Sam. „Inhaftierungs-Pflaster vielleicht?"

Eduard schaute fragend Raffael an.

„Nein", sagte Raffael. „Eduard hat die Lizenz zum Verhaften."

„Wow!", sagte Sam, klappte den Mund auf und brachte dann keinen weiteren Ton mehr raus. Er hatte schon viele berühmte Agenten seiner Majestät und auch Kopfgeldjäger des Universums getroffen. Aber es war das erste Mal, dass er eine Person traf, die die Lizenz zum Verhaften hatte.

„Ich glaube mit den Drohnen und dem Antihide sind wir ganz gut ausgerüstet", sagte Raffael, „vielen Dank!"

„Könnte ich ein Autogramm haben?", fragte Sam Eduard.

„Ja, klar doch", erwiderte Eduard. Er nahm die Karte, die ihm Sam reichte und versuchte seinen Namen möglichst kunstvoll in die Mitte der Karte zu schreiben. „Ach, und noch ein Tipp gratis dazu: Besuche nie die Einhundert-Tausend-Sterne-Show. Die ist ziemlich dämlich."

„Ziemlich dämlich", wiederholte Sam mit apathischer Stimme und nahm das Autogramm mit glänzenden Augen entgegen. „Vielen Dank!"

„Tja, dann sollten wir wohl mal Aufbrechen", meinte Raffael und Eduard nickte.

„Einen Moment noch, bevor ihr geht. Ich hab' da noch eine Kleinigkeit für euch. Geht auf Kosten des Hauses. Hier entlang bitte."

Sam führte die beiden wieder quer durch die Halle zu einem weiteren Stand, auf dem ungefähr ein halbes Dutzend bürstenartiger Gegenstände lagen. Die Gegenstände hatten einen dicken, vielleicht 40 Zentimeter langen Stiel und an einem Ende fingerlange Borsten, die in alle Richtungen zeigten. Sam nahm zwei der Gegenstände und reichte sie Raffael und Eduard.

„Sieht aus wie eine Klobürste", meinte Eduard.

„Fühlt sich an wie eine Klobürste", sagte Raffael, der den Gegenstand prüfend in der Hand wog.

„Ist eine Klobürste", bestätigte Sam. „Eine Klobürste mit kompensatorischem Bodyguard!"

Eduard und Raffael schauten Sam ungläubig an.

„Passt auf", erklärte Sam, „zunächst haben wir hier einen Handgelenkschoner: Sobald die Bürsten nass werden, fangen sie sich automatisch an zu drehen. Ihr müsst die Bürste also nur ins Klo halten – das Bürsten übernimmt dann die Bürste für euch. Wenn ihr die Bürste zusätzlich zweimal hoch und runter bewegt wird weiterhin das Intervallschruppen und der Vibrationsmodus gestartet – für besonders hartnäckige Problemchen.

Soviel zum Bürsten. Wenn ihr die Bürste aus dem Wasser, oder wo sie auch immer war, herausholt, so wird dies von speziellen Sensoren in der Spitze sowie hier, hier und hier am Schaft detektiert."

Während Sam erklärte, zeigte er an Eduards Klobürste die genauen Positionen der Sensoren und Bedienelemente.

„Der Schruppmodus wird dann automatisch beendet und die Klobürste startet die Selbstreinigung. Während des Putzvorgangs werden hierzu ausreichende Wassermengen aufgesaugt und durch ein ausgeklügeltes Filtriersystem gereinigt. Dieses Wasser wird dann für die Reinigung der Bürste verwendet, in dem es vom Schaft aus über diese winzigen Düsen mit 12,5 bar Druck herausgepresst wird. Damit werden sämtliche Schmutzreste von den Bürsten gewaschen. Am besten ihr haltet die Klobürste bei der automatischen Reinigung wie einen Regenschirm über den Kopf. Oder in eine Kloschüssel, falls ihr gerade eine parat habt.

So, dann wollen wir mal zu den interessanten Dingen kommen. Wenn ihr die Bürste etwas fester in die Hand nehmt und ‚blau‘ sagt, dann wird die Bürste zum Laserschwert. Achtung, ich demonstriere es einmal.“

Sam nahm ebenfalls eine Bürste vom Tisch, trat etwas zur Seite, nahm die Angriffsstellung eines Schwertkämpfers ein, griff die Klobürste etwas härter und flüsterte „blau“. Aus der Spitze der Klobürste schoss ein blauer Laserstrahl und entfaltete sich zu einer ungefähr anderthalb Meter langen Schwertklinge.

„Bei den ersten Versionen hatten wir noch keinen Griff- und Bürstenschutz. Da sind dann beim Gefecht meistens ziemlich viele Bürstenhaare abgeschlagen worden, so dass das Laserschwert danach nicht mehr als Klobürste einsetzbar war. Das haben wir mittlerweile aber geändert. Wie ihr seht wurde gleichzeitig mit der Laserklinge auch dieses kegelförmige Laser-Schutzschild um die Bürsten gefahren. Jetzt kann man getrost drauf los kämpfen – die Bürsten sind optimal geschützt.“

Sam fuchtelte ein bisschen mit der Laser-Klobürste herum, griff dann wieder etwas härter zu und sagte leise „antiblau“, worauf Laserklinge und Laser-Schutzschild wieder eingefahren wurden.

„So, nun zu den Bodyguard-Funktionen. Hier unten am Griff sind drei kleine Knöpfe. Der kleinste hat einen Noppen, der mittlere hat zwei und der größte hat drei Noppen. Dadurch könnt ihr die Knöpfe jederzeit auseinander halten, ohne genau nachsehen zu müssen – selbst bei Dunkelheit.

Der kleine Knopf mit einem Noppen aktiviert den kleinen Bodyguard. Er bietet einen Basisschutz, auf den man eigentlich nie verzichten sollte. Noch nicht einmal nachts zu Hause im Bett. Einen Moment, ich demonstriere es einmal.“

Sam drückte auf den kleinen Knopf im Griff. Darauf wurde ein Infrarot- und ein Ultraschallsensor aus der Spitze der Klobürste gefahren, die sofort begannen die Umgebung abzutasten. Außerdem wurde ein winziger Ohrhörer mit einem dünnen, kaum erkennbaren Kabel herausgeworfen, der sich beim Herunterfallen in den Bürsten verfing und dort hängen blieb. Schließlich wurde noch eine entfaltbare Sonnenbrille herausgefahren, die, nachdem sie sich entfaltet hatte, ebenfalls herunterfiel und in den Bürsten hängen blieb. Sam hielt die Klobürste ruhig in der Hand und nach kurzer Zeit meldete eine synthetische Stimme aus der Klobürste:

„Diese Halle ist sehr unübersichtlich, Mr. Präsident. Außerdem tragen mehrere Subjekte Waffen. Wir sollten uns umgehend zurückziehen."

Sam strahlte: „Tja, bereits der kleine Bodyguard erkennt innerhalb kürzester Zeit, dass er sich an einem Ort befindet, an dem Waffen getragen werden. Gut, nicht wahr?

Mit dem Knopf, auf dem zwei Noppen sind, wird der große Bodyguard gestartet. Die Sensoren des großen Bodyguards sind etwas leistungsfähiger als die des kleinen Bodyguards. Sie haben eine deutlich größere Reichweite, können 4 Dimensionen anstatt nur 3 abtasten und sie haben eine feinere Auflösung. Weiterhin kann der große Bodyguard mit bis zu 7 weiteren Klobürsten kommunizieren und so auch in unübersichtlichen Gebäuden einen optimalen Schutz gewähren. Und auf Wunsch kann der große Bodyguard sogar Passanten anmachen – dazu muss man nur den mittleren Knopf nochmals betätigen."

Raffael staunte.

„Und wofür ist der Knopf mit den drei Noppen?", fragte Eduard interessiert.

„Ah ja", sagte Sam und strahlte. „Das ist *der* ultimative Schutz. Mit diesem Knopf wird der große Bodyguard gestartet und *gleichzeitig* das Laserschwert auf Standby geschaltet. Aber das ist noch nicht alles. Erkennt der große Bodyguard unmittelbare Gefahr, so aktiviert er *selbstständig* das Laserschwert und kann es *sogar dirigieren*. Ihr müsst dann die Klobürste nur noch in der Hand halten. Das Abwehren von Angriffen sowie das Zuschlagen, kurzum, das *komplette* Kämpfen wird vom großen Bodyguard übernommen. Wenn es sein muss, stellt er das Laserschwert sogar in die Schusslinie. Da kommt dann keine einzige Kugel durch. Besser als jede Schutzweste. Hier, du kannst es mal ausprobieren."

Mit diesen Worten drückte Sam an Eduards Klobürste den Knopf mit den drei Noppen. Dann fuhr er das Laserschwert an seiner Klobürste aus und schlug ohne jegliche Vorwarnung auf Eduard ein. Allerdings ohne zu treffen, denn der großer Bodyguard in Eduards Klobürste hatte im Bruchteil einer Sekunde das Laserschwert aktiviert, Eduards Hand zur Seite und etwas hoch gerissen und Sams Schlag pariert. Sam versuchte noch ein paar Angriffe, wobei Eduard den Kopf eingezogen hatte und diesen mit seinem linken Arm zu schützen versuchte. Am liebsten hätte er auch den rechten Arm schützend über seinen Kopf gehalten, aber der große Bodyguard seiner Klobürste riss seine rechte Hand ständig herum, um die Angriffe von Sam zu parieren.

Schließlich deaktivierte Sam sein Laserschwert, worauf auch der große Bodyguard von Eduard das Laserschwert wieder einzog. Sam legte die Klobürste zurück auf den Tisch und strahlte Raffael und Eduard an: „Und das Beste ist: Die laufen mit Super Bleifrei. Na, was sagt ihr?"

„Wow – cool", sagte Raffael mit großen Augen.

„Beeindruckend!", sagte Eduard; er war wirklich beeindruckt.

„Ach ja: Durch zweimaliges, schnelles Betätigen der Knöpfe werden die Bodyguards wieder deaktiviert."

Eduard drückte zweimal schnell den großen Knopf mit den drei Noppen an seiner Klobürste, worauf die Sensoren, die Sonnenbrille und der Kopfhörer samt Kabel wieder eingezogen wurden.

„Behaltet sie, ein Geschenk des Hauses", sagte Sam strahlend.

Eduard und Raffael bedankten sich ausgiebig. Dann geleitete Sam die beiden zur Warenausgabe, wo Eduard die 24 Track-Drohnen in Empfang nahm, während Raffael den Antihide nahm und alles bezahlte. Danach verabschiedeten sich die beiden von Sam, bestiegen den interstellaren Viersitzer und verließen Xardon.

Als sie die Umlaufbahn um Xardon verlassen hatten fragte Raffael:

„Wie hoch ist eigentlich das Kopfgeld?"

„Welches Kopfgeld?", fragte Eduard zurück.

„Na, das Kopfgeld für den Dieb des schwarzen Lochs."

„Keine Ahnung. Meinst du wir bekommen etwas, wenn wir den Dieb fangen?"

„Ja natürlich. Sag bloß, du hast kein Kopfgeld ausgehandelt?"

„Ausgehandelt? Nun, nein. Ich hab' vom Universum den Auftrag bekommen, den Dieb zu fangen, und dann hab' ich mich aufgemacht."

„Waaas? Das ist doch wohl ein Scherz, oder?"

„Nein", sagte Eduard unsicher.

„Ja sag mal, lebst du hinter dem Mond? Du musst doch einen Preis aushandeln!"

„Na ja, wenn man es genau nimmt: Man kann wohl aus jeder x-beliebigen Richtung schauen, und ich bin immer hinter irgendeinem Mond."

Raffael schüttelte den Kopf, ergriff das Mikrofon des Kommunikationscomputers und diktierte: „Sternzeit 17-087-207. Eduard ist ebenfalls vollständig durchgeknallt."

18. Kapitel

Die Greisehla Wud

Ein altes rektomanisches Sprichwort lautet:

Sag mir wo das Diebesgut ist und ich sag' dir, wo der Dieb ist.

Als Rektomane wusste Raffael natürlich um die Bedeutung dieses Sprichwortes und so erklärte er Eduard, dass sie als Erstes herausfinden mussten, wo das gestohlene schwarze Loch war. Hatte man erst einmal das schwarze Loch gefunden, so musste man dann nur noch sämtliche Spuren zurückverfolgen und würde dabei ganz zwangsläufig auch auf den Dieb stoßen.

Also machten sich die beiden auf in die Necha Galaxie, wo das schwarze Loch gestohlen worden war. Auf dem Weg dorthin machten sie noch einen Zwischenstopp im Tacco-Spiralnebel, in dem Tschita gerade frisch geborene Fünflinge anmalte. Es dauerte nicht lange und sie hatten Tschita überredet, sie zu begleiten. Zum einen um ihnen zu zeigen, wo genau das schwarze Loch gestohlen worden war, und zum anderen, weil es zu dritt einfach mehr Spaß als zu zweit machte .

„Weißt du was, Tschita", meinte Raffael, während sie den Tacco-Spiralnebel verließen, „Du solltest sämtlichen schwarzen Löchern beim Anmalen heimlich einen Peilsender unterjubeln. Und den Sternen am besten ebenfalls. Dann hat man keine Probleme mehr, wenn mal ein Loch oder ein Stern abhanden kommt."

„Ich soll die Löcher und Sterne aber nur anmalen, und nicht verwanzen", gab Tschita zurück.

„Tja, dann solltest du dem Universum vorschlagen, dass dein Auftrag ausgeweitet wird."

Tschita lächelte Raffael an und schüttelte den Kopf.

„Moment mal", sagte Raffael plötzlich, „das Sensorik-Modul meldet ein verstärktes kosmisches Hintergrundrauschen. Das ist nicht normal. Ich schicke es mal durch den Demodulator."

Raffael tippte fleißig auf die Tastatur vor sich ein und brachte schließlich ein ziemlich zackiges Signal auf den Bildschirm.

„Sieht aus wie ein akustisches Signal", meinte Eduard.

„Ja, du hast recht", stimmte Raffael zu, „ich schicke es mal an den Kommunikationscomputer und lasse es über die Lautsprecher ausgeben."

Wieder tippte Raffael Kommandos in seine Tastatur, worauf aus dem Lautsprecher eine Stimme ertönte, die sich verdammt nach der Stimme des Universums anhörte: „Tschita soll die Sterne weiß und die Löcher schwarz anmalen. Mehr nicht. Ende der Durchsage."

Raffael lief rot an, während Eduard und Tschita leise kicherten und sich vielsagend anschauten.

Die Reise in die Necha Galaxie dauerte trotz leergetankten Tank und demontiertem Heckspoiler ungefähr 10 Stunden, so dass die drei genügend Zeit hatten die neusten Neuigkeiten auszutauschen.

„Weißt du eigentlich inzwischen, wer deine Erfindung mit dem Schmelzkäse gestohlen hat?", fragte Tschita Eduard.

„Ne, keine Ahnung. Ich hatte aber bislang auch noch keine Zeit gehabt, da nachzuforschen."

„Du hast den Schmelzkäse erfunden?", fragte Raffael erstaunt.

„Nein, den Schmelzkäse selbst nicht. Aber ich hatte eine tolle Idee, wie man ohne großen Aufwand gigantische Mengen Schmelzkäse herstellen kann. Mit diesem Verfahren kannst du eine komplette Hafenstadtkäseecke in Null Komma Nichts zu Schmelzkäse verarbeiten. Alles was du dazu brauchst, ist ein Planet mit einer Atmosphäre."

„Äh, und wie schaffst du einen Planeten mit Atmosphäre zu einer Hafenstadtkäseecke?"

„Na ja, ich hatte es umgekehrt gemacht. Genauer gesagt: Dr.

Rembold, der Erfinder des Komplexotrons, der hat die Hafenstadtkäseecke zum nächsten Planeten transportiert."

„Aha!", sagte Raffael und überlegte. Er kannte die Theorie zum Komplexotron. Und er hatte einen Verdacht. Nach einer Weile sagte er: „Vermutlich hat Dr. Rembold das schwarze Loch gestohlen. Mit seinem Komplexotron kann er es ohne großen Aufwand und ohne irgendwelches Aufsehen zu erregen überall hinbringen."

„Das ist wohl wahr", stimmte Eduard zu.

„Aber warum sollte er das machen?", fragte Tschita. „Was hätte er davon, wenn er ein schwarzes Loch stiehlt und irgendwo anders hinbringt?"

Raffael zuckte die Achseln und meinte dann: „Vielleicht hatte es in seiner Flugbahn gelegen und das hat ihn gestört. Vielleicht war er schon einige dutzendmal diese Strecke geflogen und jedesmal lag dieses dämliche schwarze Loch in seiner Flugbahn. Und dann hatte er die Schnauze voll gehabt. Und außerdem hatte er auch an die anderen Verkehrsteilnehmer gedacht. Zum Beispiel an die Maulwürfe, die so gut wie nichts sehen können und immer im Blindflug durch das Weltall fliegen. Und darum hat er es zur Seite geschafft. Vielleicht hat er es gar nicht gestohlen. Er hat es einfach nur zur Seite geschafft, damit man wieder sicher fliegen kann."

Tschita schaute Raffael zweifelnd an.

„Also, wer immer es bei Seite geschafft hat", sagte Eduard, „er hat es ziemlich weit weg bei Seite geschafft."

„Genau", stimmte Tschita zu, „denn ich hatte die komplette Umgebung abgesucht. Kein schwarzes Loch weit und breit. Keine Ahnung wo es ist, aber wer immer das schwarze Loch genommen hat, er hat es *sehr* weit weg gebracht. Das hört sich nicht nach mal eben aus der Flugbahn wegräumen an. Wenn ihr mich fragt, dann wurde das schwarze Loch in eine andere Galaxie verschleppt."

„Vielleicht ist die Idee mit den Peilsendern ja doch nicht so schlecht", sagte Raffael, legte den Kopf schief und schaute Tschita mit hochgezogenen Augenbrauen an.

„Oh, wir empfangen schon wieder ein verstärktes kosmisches Hintergrundrauschen", meldete Eduard.

„Schon gut, schon gut", sagte Raffael, diesmal mit hochrotem Kopf, „du brauchst es nicht zu dekodieren!"

Eduard grinste breit, denn er hatte gar nichts empfangen. Dafür flog ihm jetzt ein leerer Pappbecher an den Kopf.

„So, so, also kosmisches Hintergrundrauschen", sagte Raffael mit gepresster Stimme, musste dann aber selbst lachen.

Nach zehn Stunden erreichten die drei die Necha Galaxie und Tschita steuerte den Viersitzer an die Stelle, an der sie das schwarze Loch das letzte Mal gesehen hatte. Raffael kramte die Kiste mit den Track-Drohnen hervor und beförderte sie durch die Schleuse des Viersitzers nach draußen. Langsam dümpelten die Drohnen um den Viersitzer herum. Drinnen nahm Raffael seine Fernbedienung und gab den Auftrag für die Drohnen durch:

„Mission-ID: Schwarzes Loch. Zielobjekt: Gestohlenes schwarzes Loch. Auftrag: Witterung des schwarzen Loches aufnehmen."

Die Track-Drohnen fuhren ihre winzige Sonden heraus und starteten ihre Booster. Dann schwirrten sie nach allen Seiten davon und schnüffelten die Umgebung ab. Eduard, Raffael und Tschita schauten durch die Fenster hindurch zu und tranken dabei eine Tasse Kaffee. Nach einer Weile kam eine erste Track-Drohne zurück, blieb geduldig vor der Frontscheibe des Viersitzer schweben und wedelte dabei freudig mit ihren Sonden. Nach und nach kamen auch die übrigen Drohnen zurück und gesellten sich ebenfalls vor die Frontscheibe des Viersitzers. Eduard winkte ihnen zu, worauf sie noch freudiger mit ihren Sonden wedelten.

„Okay", sagte Raffael, als auch die letzte Track-Drohne zurückgekommen war, ergriff wieder die Fernbedienung und gab einen neuen Befehl durch. „Mission-ID: Schwarzes Loch. Zielobjekt: Gestohlenes schwarzes Loch. Auftrag: Fährte des schwarzen Loches aufnehmen und verfolgen."

Kaum hatte er den Befehl ausgesprochen drehten sich die Track-Drohnen nach rechts und schwirrten mit ziemlich hoher Geschwindigkeit davon.

„Ha ha! Jetzt geht's los", jubelte Raffael.

„Den Track-Drohnen folgen", sprach Eduard in das Mikrofon des Kommunikationscomputers und der interstellare Viersitzer vollführte ebenfalls eine Drehung nach rechts und jagte den Track-Drohnen hinterher.

„Da fliegt aber eine Drohne nach links oben", sagte Tschita

und zeigte nach draußen.

Und tatsächlich, eine Track-Drohne hatte eine etwas andere Richtung eingeschlagen. Die drei sahen der Track-Drohne nach und beobachteten, wie sie zunehmend schwarz wurde. Die restlichen Track-Drohnen blieben jedoch alle weiß.

„Tja – Witterung nicht richtig aufgenommen und falsche Fährte erwischt", sagte Raffael. „So was kommt selbst bei den besten Drohnen vor. Aber wir haben ja noch die anderen."

„Und wenn sich die 23 Drohnen vor uns irren und diese eine Drohne da die richtige Fährte entdeckt hat?", fragte Tschita.

„Hast du schon mal ein schwarzes Schaf gesehen, das weiß ist?", fragte Raffael zurück.

Nein, das hatte noch keiner von ihnen gesehen.

Das Universum ärgerte sich, dass die Frage von Raffael unbeantwortet im Raum stehen geblieben war. Und noch mehr ärgerte es sich, dass die Frage nicht mit ‚Ja' beantwortet worden war. Am meisten ärgerte es sich aber, dass ständig auf den armen Schafen herumgehackt wurde – vor allem auf den schwarzen. Was konnten die armen Tierchen dafür, dass eine Drohne zu blöd war, um die Fährte richtig aufzunehmen? Oder dass irgendwelche Individuen einer Wesensform nachwiesen, dass irgendein Gedankenmodell ungenau sei. Oder dass die Engländer vergeblich versucht hatten, den Buchstaben ‚X' nicht zu verwenden? Oder dass die INTERGAL Tankstellen pleite gegangen waren? Oder, oder, oder, ... ? Nichts – um wenigstens diese Fragen zu beantworten!

Das Universum überlegte kurz und beschloss dann, dass Eduard, sofort nachdem der Dieb des schwarzen Lochs gefangen worden war, wieder durch das Universum reisen und allen berichten sollte, dass die schwarzen Schafe liebenswerte und vor allem unschuldige Tierchen seien. Das ließ sich hervorragend mit seiner Aufgabe kombinieren, über das Universum zu berichten. Das – nur für den Fall, dass dies noch nicht mit aller Klarheit erwähnt worden war – geradezu farbenfroh und genial, ja, schillernd war!

Eduard, Raffael und Tschita machten es sich gemütlich und ließen den interstellaren Viersitzer den 23 verbliebenen Track-Drohnen hinterherjagen. Da die Track-Drohnen sehr klein waren, waren sie auch sehr leicht. Und weil sie sehr leicht waren, konnten sie stärker beschleunigt werden als der interstellare

Viersitzer. Falls Sie das nicht glauben, dann lesen Sie nochmals das Kapitel 4.

So flogen die Drohnen schon bald soweit voraus, dass man sie nicht mehr sehen konnte. Aber der Autopilot hatte schon längst auf Peilung umgeschaltet, so dass sich die drei keine Sorgen machen mussten, dass sie die Spur der Drohnen verlieren würden.

Nach einer Weile verließen sie die Necha Galaxie und es wurde klar, dass es eine längere Reise wurde. So legten sich die drei schlafen. Währenddessen umflog der interstellare Viersitzer ein paar Galaxien und bog schließlich in die Galaxie N1263 ein, in der die Track-Drohnen im Rugel-Sonnensystem auf den Planeten Rocharius niedergegangen waren.

Als Eduard, Raffael und Tschita aufwachten, dümpelte der interstellare Viersitzer ruhig ein bis zwei Meter über der Oberfläche von Rocharius. Draußen jagten die 23 Track-Drohnen aufgeregt um den Viersitzer herum und wedelten äußerst wild mit ihren Sonden.

Eduard rieb sich den Schlaf aus den Augen und schaute nach draußen. Ein paar Dutzend Meter von ihnen entfernt lag ein riesiges Wesen, dass ihn frech angrinste.

„Ich werd' verrückt – die Greisehla[2] Wud", sagte Tschita, die hinter Eduard getreten war.

„WAS!", rief Raffael, der gerade wach wurde. Hektisch sprang er auf, hastete nach vorne, stolperte dabei und fiel Tschita und Eduard in den Rücken. Die beiden wurden zu Boden gerissen, aber Raffael interessierte das wenig. Er krabbelte über die beiden hinweg und schaute nach draußen.

„Die – Greisehla – Wud", bestätigte er.

„Kommt, wir gehen nach draußen", sagte Eduard und die drei stürmten aus dem Viersitzer. Das heißt, eigentlich fielen sie, denn der Viersitzer schwebte immer noch ein bis zwei Meter über der Oberfläche. Doch die drei hatten Glück, denn Rocharius hatte eine sandige Oberfläche, so dass sie weich fielen. Sie rafften sich auf und liefen zur Greisehla Wud rüber, die ausgiebig rülpste und dann wieder frech grinste.

Das Universum hatte die Greisehla Wud kurz nach dem Urknall entstehen lassen. In dieser Zeit hatten sich die Wesen in der

---

[2] Die Betonung liegt auf dem ‚e'.

Raldalan Galaxie als reichlich blöde und vor allem nervend herausgestellt. Die Raldaner kamen permanent mit irgendwelchen schwachsinnigen Ideen, die das Universum realisieren sollte. Um die Raldaner nicht vor den Kopf zu stoßen – schließlich gehörten sie zu den ersten Wesen der neuen Welt – hatte das Universum damals alle ihre Ideen und Vorschläge entgegen genommen. Da sie aber, wie bereits erwähnt, ausnahmslos schwachsinnig waren, brauchte das Universum eine geeignete Entsorgungsmöglichkeit. Dazu hatte es die Greisehla Wud erschaffen, in die es alle Vorschläge und Ideen der Raldaner stopfte.

Die Greisehla Wud wuchs und gedieh prächtig und erwies sich als ein Wesen, dass sich gerne, ja sogar begeistert – wenn nicht sogar schillernd – von schwachsinnigen Ideen ernährte. Tatsächlich bekam ihr der Schwachsinn so gut, dass sie sich nur noch davon ernähren wollte. Dem Universum war das durchaus recht gewesen, denn die Greisehla Wud war schnell beachtlich groß geworden und hatte einen mächtigen Appetit bekommen. Da hätte man sich schon Gedanken machen müssen, woher das viele Essen zu nehmen sei. Aber so war es recht einfach gewesen: Das Universum ließ die Raldaner glauben, dass ihre Ideen genial waren, die Raldaner glaubten, dass ihre Ideen in die Tat umgesetzt wurden, und die Greisehla Wud bekam reichlich Blöd- und Schwachsinn zu essen. So war die Greisehla Wud bald zum größtem Wesen im Universum herangewachsen und hatte sogar die Sphinx sowohl in Größe als auch im Gewicht klar überholt.

Es liegt auf der Hand, dass sich die Greisehla Wud auf Grund des vielen „außergewöhnlichen" Essens etwas anders entwickelte, als die übrigen Wesen im Universum. Ziemlich bald schon aß sie nicht mehr mit Verstand, sondern nur noch in Übermaß. Eines Tages kam es dann wie es kommen musste: Die Greisehla Wud hatte zuviel gegessen und der Schwachsinn lag ihr schwer im Magen. Doch greifen wir den Ereignisse nicht vor.

Eduard, Raffael und Tschita waren zur Greisehla Wud hinüber gegangen und standen nun vor ihr. Die Track-Drohnen waren ihnen gefolgt und schwirrten aufgeregt um die Greisehla Wud herum.

„Hallo Greisehla Wud", begrüßte Eduard die Greisehla Wud.

„Halli, hallo, halla", grüßte die Greisehla Wud zurück und grinste ausgesprochen blöde.

„Na, wie geht's denn so?", fragte Eduard.

„Der Eddi hat 'nen Teddy, das find' ich schwer paletti" sagte die Greisehla Wud.

„Sag mal, Greisehla Wud", fragte Tschita, „hast du in der letzten Zeit ein schwarzes Loch gesehen?"

„Na und ob! Hier in meinem Zahn. Ich hab' so bescheuerte Bakterien, die können noch nicht einmal weiße Karieslöcher fressen. Alles schwarze Löcher. Schaut mal."

Die Greisehla Wud senkte ihren riesigen Kopf zum Boden und öffnete ihren Mund, so dass die drei hineinschauen konnten. Dann rülpste sie eine Woge Heuduft heraus, wovon Tschita, Eduard und Raffael zu Boden gerissen wurden.

„Die meisten der Track-Drohnen schwirren um ihren Magen", sagte Raffael und zeigte nach hinten, wo tatsächlich die meisten Track-Drohnen herumschwirrten. „Kann sie auf dem schwarzen Loch sitzen?"

„Sehr unwahrscheinlich", meinte Tschita. „Das schwarze Loch würde den Boden unter sich verschlucken und mit ihm gleich den ganzen Planeten."

„Und warum schwirren dann die Track-Drohnen so aufgeregt um die Greisehla Wud?", fragte Eduard.

„Vielleicht hat sie das schwarze Loch verschluckt. Blöd genug dazu ist sie ja", überlegte Raffael.

„Durchaus möglich", sagte Tschita, „die Raldaner hatten dem Universum mal vorgeschlagen, ein Wesen mit Antigravitationsmagen entstehen zu lassen. Ihr könnt schon erahnen, wer diese Idee zu Essen bekommen hat."

„... und dementsprechend mutiert ist", mutmaßte Eduard. Eine schwarzes Loch in einem Antigravitationsfeld – das war durchaus vorstellbar.

"Ähm, Greisehla Wud", wandte sich Raffael an dieselbe, „könnte es sein, dass du, so rein zufällig, in letzter Zeit ein kleines schwarzes Loch verspeist hattest?"

„Aber ja doch. Schwarze Löcher schmecken prima."

„Ich werd' verrückt", japste Eduard; mehr brachte er nicht heraus.

„Kommt, ich zeige es euch. Hier in meinem Mund", sagte die Greisehla Wud, senkte wieder ihren Kopf herunter und sang dabei: „In jedem guten Kariesloch, steckt ein kleines schwarzes Loch."

Dann öffnete sie den Mund und schlug dabei so heftig mit

ihrer Zunge herum, dass jede Menge Spucke herausbefördert wurde. Raffael hatte geistesgegenwärtig seine Klobürste gezückt und den großen Knopf mit den drei Noppen gedrückt, worauf der große Bodyguard der Klobürsten das Laserschwert aktiviert hatte und die Schleimattacke erfolgreich abwehrte. Eduard und Tschita schauten erstaunt zu – und wurden erstaunlich heftig vollgeschleimt.

„Wir meinen, ob du ein schwarzes Loch gegessen und runtergeschluckt hast", fragte Tschita, während sie sich das Gesicht mit dem Ärmel trocken wischte.

„Na klar doch", sagte die Greisehla Wud glücklich, „ich habe noch *nie* ein schwarzes Loch runtergeschluckt. Schwarze Löcher schluckt man nämlich besser rauf!"

„Tja, da hilft alles nichts", stellte Raffael fest, „wir werden eine Magen-Darm-Spiegelung machen müssen. Um Gewissheit zu erlangen."

„Wie bitte?", fragte Tschita entsetzt.

„Eine Magen-Darm-Spiegelung" bestätigte Raffael mit Nachdruck. „Das ist der einzige Weg um sicher festzustellen, ob sich das schwarze Loch im Magen der Greisehla Wud befindet. Die Track-Drohnen deuten es zwar an, aber das ist kein Beweis. Also müssen wir spiegeln. Wir werden eine Track-Drohne umbauen und dann in den After einschleusen."

Tschita war von der Idee nicht besonders begeistert, aber es war in der Tat der einzige Weg um herauszubekommen, ob die Greisehla Wud das schwarze Loch verschluckt hatte. Also bestiegen die drei wieder den interstellaren Viersitzer und flogen zum After der Greisehla Wud. Dort öffnete Eduard die Dachluke des Viersitzers, stieg hinaus und kommandierte eine der Track-Drohnen mit Raffaels Fernbedienung zu sich. Währenddessen hatte Raffael seinen Werkzeugkoffer geholt und war dann ebenfalls durch die Luke nach draußen gestiegen. Dort baute er die Track-Drohne um. Zunächst reduzierte er die Leistung der Booster und klemmte den Afterburner vollständig ab. Schließlich sollte ein After genügen. Dann modifizierte er den Anstellwinkel der Startklappen und montierte noch kleine Glaskuppeln über die Löcher, aus denen die Sonden herausgefahren wurden.

„So, einsatzbereit", stellte er fest.

Jetzt musste die Track-Drohne nur noch in den After der Greisehla Wud eingeführt werden.

„Tschita!", riefen Eduard und Raffael wie aus einem Mund.

„Ja?", fragte Tschita und streckte ihren Kopf aus der Luke heraus.

„Die Untersuchung kann beginnen", sagte Raffael. „Und Frauen sind da ja *so viel* einfühlsamer als Männer."

„Ha! Von wegen. Das kann der Herr Doktor selbst machen" sagte Tschita, musste dabei aber grinsen. Raffael grinste mit, nahm dann seine Fernbedienung und gab den Auftrag für die Drohne durch:

„Mission-ID: Schwarzes Loch. Zielobjekt: Gestohlenes schwarzes Loch. Auftrag: Magen-Darm-Spiegelung bei der Greisehla Wud durchführen."

Die Track-Drohne fuhr ihre Startklappen aus und bewegte sich etwas träge auf den After der Greisehla Wud zu. Dort hielt sie kurz inne, nahm dann etwas Anlauf und flutschte hinein.

„Aha", frohlockte die Greisehla Wud, „mit dem After essen. Eine hervorragende Idee!"

Es dauerte nicht lange, da kam die Drohne auch schon wieder aus dem After herausgeschossen, was die Greisehla Wud mit „Und bröckchenweise furzen" kommentierte.

Man konnte es schon an den heftig wedelnden Sonden der Drohne erkennen, dass das schwarze Loch gesichtet worden war. Und auch die Flügel der Drohne zeigten es eindeutig, denn sie waren von der gigantischen Gravitation des schwarzen Loches ziemlich verbogen und verzogen worden. Zur Sicherheit ließ sich Eduard noch den Bericht der Drohne an den Kommunikationscomputer des Viersitzers übermitteln, und dann hatten sie es schwarz auf weiß: Die Greisehla Wud hatte das schwarzes Loch gegessen.

„Vermutlich lagen ihr die vielen schwachsinnigen Ideen so schwer im Magen, dass sie ein Verdichtungsmittel benötigt hatte", überlegte Tschita.

Eduard zückte seine Lizenz zum Verhaften und zeigte sie der Greisehla Wud. Dann nahmen sie die Greisehla Wud ins Schlepptau und machten sich auf zur Schaltzentrale des Universums.

An der Schaltzentrale des Universums angekommen bedeutete Eduard der Greisehla Wud, dass sie vor der Hütte warten sollte; immerhin war sie ungefähr zehn mal so groß wie die Hütte.

Dann betraten Tschita, Eduard und Raffael die Hütte und setzten sich auf das Sofa.

„Nun", meldete Eduard, „auch wenn es etwas gedauert hat – Tschita, Raffael und ich haben den Dieb des schwarzen Lochs gefunden."

„Hervorragend", sagte das Universum anerkennend. „Und was ist mit der Greisehla Wud? Hat die auch mitgeholfen den Dieb zu finden, oder warum ist die hier?"

„Also", erklärte Eduard, „die Greisehla Wud ist der Dieb. *Sie* hatte das schwarze Loch gestohlen und dann aufgegessen."

„Ach ja, das hatte ich mir gleich gedacht", sagte das Universum beiläufig.

„Waas? Wie bitte?", riefen die Drei.

„Na ja, das musste ja eines Tages passieren. Mit soviel Schwachsinn im Magen braucht man irgendwann ein intergalaktisch starkes Verdichtungsmittel."

„Wie bitte?", erzürnte sich Tschita. „Wieso hattest du uns nicht gleich gesagt, dass die Greisehla Wud vermutlich der Dieb ist? Und dass sie ein Verdichtungsmittel brauchte?"

Das Universum überlegte, ob es den drei die Wahrheit sagen sollte. Es wägte alle Für und Wider ab und befand dann, dass es keinen triftigen Grund gab die Wahrheit zu verbergen.

„Nun", klärte es die drei auf, „wie ihr wisst lautet eine alte Bauernregel:

Schubidu, wubbdidu – und raus bist du.

Und darüber sollte man sich nun mal nicht hinwegsetzen!"

Das mochte durchaus eine schöne, eine farbenfrohe, ja, eine schillernde Bauernregel sein, die sich so manch physikalisches Gesetz zum Vorbild nehmen konnte, aber eine einleuchtende Begründung war es nicht so richtig.

„Ähm", meldete sich Raffael zu Worte. Doch er kam nicht weiter, denn das Universum unterbrach ihn sofort voller Begeisterung.

„Ich weiß, ich weiß. Das ist zweifelsohne die schillernste Bauernregel, die je aufgestellt wurde. Ach Eduard! Wenn du von dieser Bauernregel berichtest, dann solltest du erwähnen, dass *ich* sie aufgestellt habe."

„Ja, sicherlich. Aber ...", sagte Eduard, wurde aber ebenfalls vom Universum unterbrochen.

„Aber sicher doch. Es ist toll in einem Universum zu leben, dass die schillernste, ja genialste aller Bauernregeln aufgestellt hat. Ja mehr noch! Ein Universum, dass die Bauernregeln überhaupt erst erschaffen hat."

Das Universum sinnierte kurz über den genialen Einfall mit den Bauernregeln und schwärmte dann weiter über Regeln, über Gesetze, über die Welt und vor allem über sich. Dazu stimmte die Greisehla Wud draußen vor der Hütte ein Lied an und sang, dass es als nächstes das Universum essen würde. Das Universum brüllte laut los vor Lachen und danach gackerten die beiden gemeinschaftlich und sangen schließlich irgendwelche Kinderlieder rückwärts. Alles in allem war es mehr als deutlich, dass es keinen Sinn machte noch weiter nachzubohren, warum das Universum nichts von der Greisehla Wud gesagt hatte. Vielleicht gab es einen vernünftigen Grund. Vielleicht gab es aber auch nur die Schubidu-Bauernregel.

Eduard, Raffael und Tschita störten sich nicht allzusehr an dieser Ungewissheit. Das Universum war nun mal so und es machte keinen Sinn, sich darüber den Kopf zu zerbrechen. Man grübelt ja schließlich auch nicht darüber nach, warum man nicht weiß, ob bei einem Würfelwurf als nächstes eine gerade oder eine ungerade Augenzahl kommt. Oder warum Licht nur durchsichtige Materie durchdringen kann, während die Gravitationskraft sowohl durchsichtige als auch undurchsichtige Materie durchdringen kann. Oder warum es überhaupt durchsichtige Materie gibt. Das Universum ist einfach so!

Eduard, Raffael und Tschita störten sich also nicht am Universum und seinen Gesetzmäßigkeiten, sondern flogen in die Riccardo Galaxie und besuchten dort eines der besten Restaurants, um den erfolgreichen Abschluss ihrer Mission mit einem ausschweifenden Abendessen zu feiern.

19. Kapitel

Bald am Ende

Ich bin nur auf Ihr Wohl bedacht.

20. Kapitel

Fast das Ende

Ich bin nur auf Ihr Wohl bedacht.

21. Kapitel

Das Ende

Damit sollte alles klar sein: Die Greisehla Wud hatte das schwarze Loch gestohlen, Eduard hatte sie mit Raffaels und Tschitas Hilfe gefunden und das Universum hatte es von Anfang an geahnt. Dies alles haben wir in 21 Kapiteln erarbeitet. 21 Kapitel, das sind drei mal sieben Kapitel, also drei mal Glückseligkeit. Und weit und breit keine Spur einer unglückseligen Zahl. – Sie sehen: Ich war stets auf Ihr Wohl bedacht.

Noch ein kleiner Tipp kurz vor dem Schluss: Sie können Ihr Glück durchaus noch weiter steigern, in dem Sie das Buch sieben mal lesen. Um auf Nummer sicher zu gehen, sollten Sie dann aber spätestens beim siebten Mal die Seite 13 überspringen. Und die Unglückszahl selbst natürlich auch, die – wie könnte es anders sein – genau dreizehn Mal in diesem Buch vorkommt!

Nun müssen wir uns noch kurz um diejenigen Leser kümmern, die bei jedem Buch zuerst die letzten Seiten lesen, bevor sie vorne anfangen zu lesen. Nicht, dass es unmoralisch wäre, wenn man zuerst wissen will wie eine Geschichte ausgeht, bevor man sie liest. Das darf schon jeder für sich selbst entscheiden, ob er das Ende vorab kennen möchte oder nicht. Genauso darf aber auch jeder Autor selbst entscheiden, ob er das Ende vorab verraten will oder nicht. Nun, *ich* möchte das Ende vorab *nicht* verraten, und daher muss hier jetzt ein falsches Ende her. Wenn Sie das Buch mittlerweile von vorne durchgelesen haben, kennen Sie ja nun das richtige Ende. An dieser Stelle am Ende des Buchs kommt daher nur noch das Verwirrungsende, jenes, welches total falsch ist und mit der Story absolut gar nichts zu tun hat. Was aber unverzichtbar ist. Wegen den Ich-lese-die-letzten-Seiten-zuerst Lesern.

Hoffentlich gibt es keine Ich-lese-das-letzte-Kapitel-zuerst Leser. Denn die würden ja auch diese Absätze lesen und dann wäre alles verraten – das wäre jammerschade!

Auf jeden Fall muss das Verwirrungsende etwas länglich gestaltet werden und darf sich nicht nur auf die letzte halbe Seite beschränken, denn die meisten Ich-lese-die-letzten-Seiten-zuerst Leser fangen nicht auf der letzten Seite an zu lesen, sondern auf der vorletzten oder sogar vor-vorletzten Seite. Dort müssen wir uns also bereits sicher im Verwirrungsende befinden!

Sicherlich, das ganze Vorhaben birgt die Gefahr in sich, dass, wenn ich nochmals ein Buch schreiben sollte, dass dann die Ich-lese-die-letzten-Seiten-zuerst Leser auf der vor-vor-vor-vorletzten Seite zu lesen beginnen, nur um das echte Ende *vor* dem Verwirrungsende zu erwischen. Ich müsste dann das Verwirrungsende dementsprechend länger gestalten, so 6 bis 7 Seiten lang. Beim dritten Buch müsste ich das Verwirrungsende erneut länger gestalten, vielleicht 15 Seiten. Spätestens beim achtzigsten Buch müsste ich dann das Verwirrungsende bereits auf der Seite 1 beginnen lassen, so dass dann das komplette Buch nur noch aus dem Verwirrungsende bestehen würde. Ich glaube nicht, dass jemand ein Buch lesen möchte, das nur aus einem Verwirrungsende besteht. Andererseits hätte ich dann aber auch die Ich-lese-die-letzten-Seiten-zuerst Leser dazu gebracht, meine Bücher grundsätzlich ab der ersten Seite zu lesen. Mit anderen Worten: Ich könnte auf das Verwirrungsende komplett verzichten, eine Menge Zeit sparen und einfach nur die eigentliche Story schreiben, weil jeder Leser, auch die Ich-lese-die-letzten-Seiten-zuerst Leser, das Buch von vorne durchlesen würde. Also genau das, was ich eigentlich will.

Wenn ich es mir genau überlege, dann werde ich in meinem Leben wohl mindestens achtzig Bücher schreiben. Aber nun zum – zugegebenermaßen ziemlich bescheuerten – Verwirrungsende. Es geht los:

Die Macht des Bösen war geschwächt, aber sie war noch nicht gebrochen. Raffael bat Eduard, ihn im letzten Kampf gegen Lord Wuldan und seinen Gefolgsleute beizustehen. Eduard sagte zu, und die beiden bereiteten zusammen mit Rudin und Enabul eine Falle vor, mit der Lord Wuldan endgültig besiegt werden sollte.

Eduard und Rudin sendeten einen SOS-Ruf ab, nachdem sie auf Xardon notgelandet waren. Diesen Ruf verschlüsselten sie nur mit dem schwachen Raw-Chiffrierer in der Hoffnung, Lord Wuldan würde glauben, dass der 3-Stufen-Chiffrierer bei der

Notlandung beschädigt worden wäre. Und tatsächlich: Nachdem der SOS-Ruf von Lord Wuldans Nachrichtenspezialisten entschlüsselt worden war, hegte dieser keinen Verdacht, sondern befahl den Aufbruch nach Xardon, um seine erbitterten Feinde endlich vernichten zu können.

Schon bald hatten die Radarsysteme das – vermeintlich defekte – Raumschiff von Eduard und Rudin auf Xardon ausgemacht. So führte Lord Wuldan die größte Streitmacht, die je in Bewegung gesetzt worden war, nach Xardon, denn es war seine Absicht, gleich nach dem Sieg über Eduard und Rudin sich die komplette Galaxie zu unterwerfen.

Was er nicht wusste war, dass sich Raffael und Enabul mit einer ansehnlichen Streitmacht hinter dem schwarzen Loch, dass sich noch immer neben Xardon befand, versteckt hielten. Lord Wuldan ließ das schwarze Loch wegen seiner großen Gravitation weiträumig umfliegen und befand sich damit in der Falle. Vor ihm auf Xardon das vollkommen intakte Schlachtschiff von Eduard und Rudin. Und hinter ihm plötzlich die Streitmacht der Rektomanen unter Anführung von Raffael und Enabul.

Es war nur eine kurze Schlacht, denn zu heftig war der unerwartete Beschuss von vorne und hinten. Lord Wuldan wurde gefangen genommen und zusammen mit seinen Generälen und Statthaltern lebenslänglich auf den Gefängnisplaneten Gittaurus verbannt. Die übrigen Gefolgsleute mussten in die Nehm Galaxie zurückkehren und wurden dort unter die Aufsicht der Herbitaner gestellt.

Eduard, Rudin und Enabul wurden zu den neuen Statthaltern ernannt und machten sich daran, das Reich neu aufzubauen. Besonders Eduard und Enabul waren dabei stets darauf besonnen, Eintracht und ein friedliches Zusammenleben zu sähen, während sich Rudin der Zusammenarbeit mit den Nachbarvölkern verschrieben hatte.

Eduard folgte dem Rat von Rudin und baute sich auf Erdohan ein großes Anwesen. Den Rektomanen, die er von der Sklaverei befreit hatte, baute er ein bescheidenes aber schönes Dörfchen neben seinem Anwesen. In ihrer tiefen Dankbarkeit nahmen die Rektomanen Eduard in ihren Alhando auf.

Immer wieder reiste Eduard in die Kürbisgalaxie und besuchte Tschita. Es waren bewegte Jahre, in denen Eduard heftigst mit sich rang. Zu tief waren die Wunden, als dass Eduard die Ereignisse einfach vergessen konnte. Oft wachte er nachts aus aufwühlenden Alpträumen auf, in denen er Rudin und Enabul sterben sah. In dieser Verfassung, da war sich Eduard sicher, würde er besser alleine leben. Doch Tschita kümmerte sich rührend um ihn und schaffte es, dass Eduard die Erinnerungen verarbeiten konnte. Nie zuvor war das Band zwischen Eduard und Tschita so fest gewesen, wie in dieser Zeit.

Rudin adoptierte die Greisehla Wud, die überglücklich war, endlich ein richtiges Zuhause zu haben. Wenn es regnete, jagte sie jauchzend durch den Garten, und an kalten Winterabenden machte sie es sich mit Rudin vor dem Kamin gemütlich. Und natürlich besuchten sie immer wieder Eduard, den sie nun sehr häufig mit Tschita zusammen antrafen.

Enabul war nach wie vor voller Tatendrang. Während Eduard und Rudin das Reich vor allem von Erdohan aus verwalteten, musste er das Reich bereisen. So tat er sich mit Raffael zusammen und die beiden durchzogen Jahr um Jahr die Galaxien. Nie wieder gab es jemanden, der die Galaxien so gut gekannt hätte, wie Enabul und Raffael.

Nachwort

Zwei Dinge sollen noch erwähnt werden:

Zum einen, dass die Greisehla Wud mein Sohn Kevin erfunden hat, wenn auch in etwas anderer Form. Die Greisehla Wud war bei ihm ein Wesen, das in Schwimmbädern unschuldige Personen „anfällt" und auf ihnen herum turnt.

Zum anderen sei noch kurz auf das Alter der Akteure eingegangen. Der ein oder andere Leser mag sich ungläubig fragen, wie denn Eduard, Tschita oder auch die Greisehla Wud vom Urknall bis lange nach dem erneuten Aufbau des Orakels von Delphi gelebt haben sollen. Nun, zunächst sei nochmals darauf hingewiesen, dass die Zeit um so langsamer verstreicht, je größer die Gravitation ist und auch je schneller man sich bewegt. Bewegt man sich beispielsweise mit Lichtgeschwindigkeit, so bleibt die Zeit sogar stehen. Dies ist übrigens auch der Grund, warum Licht nicht altert. Oder haben Sie schon mal altes, vergammeltes Licht gesehen? Wohl kaum.
Abgesehen von der Tatsache, dass Eduard, Tschita oder auch die Greisehla Wud immer wieder der mächtigen Gravitation von schwarzen Löchern ausgesetzt waren und mit größten Geschwindigkeiten durch das Universum gereist sind, die Zeit für sie also sehr langsamer verstrich und sie somit nur wenig gealtert sind, sollte noch beachtet werden, dass es im Universum einfach auch Lebensformen gibt, die durchaus viele Tausend oder auch Millionen Jahre alt werden können. Daran müssen Sie sich einfach gewöhnen: Nur weil wir Lebewesen auf der Erde nach ein paar zig oder hundert Jahren sterben, heißt das noch lange nicht, dass das für alle Lebewesen im Universum gilt.

Einige Menschen glauben übrigens, dass sie viel wichtiger als Eintagsfliegen sind. Weil sie viel länger leben.